灰色巨人

〔日〕江户川乱步 著

叶荣鼎 译

山东画报出版社

译者序

　　红极一时的日本动漫《名侦探柯南》的作者漫画家青山刚昌，孩提时代曾是江户川乱步的超级追星族，他笔下的主人公江户川柯南的姓就取自日本推理文学鼻祖江户川乱步，名则取自英国的柯南·道尔。

　　日本作家历来都有用笔名的传统，江户川乱步本名平井太郎，早年就读于早稻田大学经济学专业，江户川就在早稻田大学旁边。巧合的是，"江户川"的日式英语发音"edogawa（爱多嘎娃）"，与"Edgar a-（埃德加·爱）"的发音极其相似；

"乱步"的日式英语发音"ranpo（兰波）"，与"llan Poe（伦·坡）"的发音又十分相近，故而决定以"江户川乱步"为笔名。从此，这个名字陪他度过了四十年推理文学创作生涯，也成为日本推理文学史上不可逾越的高峰。

1923年，乱步在《新青年》杂志上发表处女作《二钱铜币》，引发轰动。当时的编者按这样写道："我们经常这样说，《新青年》杂志上总有一天将刊登本国作者创作的侦探小说，并且远远高于欧美侦探小说的创作水平。今天，我们终于盼来了这一兴奋时刻。《二钱铜币》果然不负众望，博采外国作品之长，水平遥遥领先于外国名作。我们深信，广大读者看了这篇小说后一定会深以为然，拍案叫绝。作者是谁？是首位登上日本侦探文坛的江户川乱步。"

1925年，乱步发表小说《D坂杀人事件》，成功塑造了日本推理文学史上的第一位名侦探——明智小五郎。其后，他又陆续创作了《怪盗二十面相》《少年侦探团》等脍炙人口的作品，其中的"怪盗二十面相""少年侦探团"等角色已经突破了类型文学的束缚，成为世界文学史上的典型形象，先后多次被搬上各种舞台，改编成各种各样的影视、动漫作品。

第二次世界大战爆发后，江户川乱步因作品被禁止出版，投笔抗议，公开发表《作者的话》："我撰写的小说主要是把侦探、推理、探险、幻想和魔术结合在一起，让读者富有想象力和创造力。人类必须怀有伟大的梦想，经过不断的努力，才会创造出伟大的时代。没有梦想，没有幻想，就没有科学。历史已经证明，科学的进步多取决于天才的幻想和不懈努力。科学进步了，人民才会过上好日子。可是今天的战争，毁掉了科学，毁掉了人民的梦想，日本人民将会被一个不剩地当作炮灰，却还是避免不了失败的结局。"

1947年，日本侦探作家俱乐部成立，乱步被推举为主席。俱乐部在1963年改组为日本推理作家协会，至今仍是日本最权威的推理作家机构。1954年，乱步在六十大寿之际，个人出资100万日元，设立"江户川乱步奖"，用以激励年轻作家。在之后的半个多世纪里，以东野圭吾为代表的一大批优秀的日本推理文学作家通过这个奖项脱颖而出，他们的成绩也使得"江户川乱步奖"成为日本推理文坛最权威的大奖。

1961年，为表彰乱步在推理文学界的杰出贡献，日本政府为其颁发"紫绶褒勋章"（授予学术、艺术、运动领域中贡献卓著的人）。1965年，乱步突发脑出血去世，获赠正五位勋三等瑞宝章。为纪念乱步，名张市建有"江户川乱步纪念碑"与"江户川乱步纪念馆"，丰岛区设有"江户川乱步文学馆"，供日本与世界的爱好者与学者瞻仰和研究。

《江户川乱步全集》作为乱步作品之集大成者，先后出版了多个版本，加印数十次，总印数超过一亿册，迄今已有英、法、德、俄、中五大语种版本问世。衷心希望诸位读者能够通过这一版的中文译本，回望日本推理文学的滥觞，领略一代文学大家的风采。

是为序。

2021年元旦于上海虹桥东华美寓所

目　录

珍珠塔

  东京市中心一家著名的商场正在举行珠宝博览会。在工艺美术品部田中主任的四处游说下，本次博览会可谓规模空前，许多贵族后代和各地收藏名家纷纷响应，拿出了珍藏的传世珍宝。商场五楼的展厅内众多价值连城的珠宝齐集一堂，璀璨夺目。其中有一顶钻石王冠，上面还嵌有一颗红宝石；英国制造的宝石台钟也堪称一绝；还有镶嵌蓝宝石的黄金首饰盒、来自中国的玉器等等，日本本土的众多珍品也毫不逊色。

  如此众多价值连城的珠宝珍玩汇聚一堂，一旦失窃或者出现其他什么差池，后果不堪设想。为此，整个商场戒备森严，制定了严格的展出时间，规定闭馆时任何人不得进入。五楼大门和窗户一律上锁，钥匙由田中主任随身携带，除总经理外任何人不得借用。展厅大门、走廊和楼梯口配备了十几个曾担任过刑警的安保高手二十四小时守卫。开馆时，参观的客人分批进入。每一批规定为五十人，按先来后到的顺序排队进场。入口与出口各配备了十多个营业员把守检票。此外，每两个展柜为一个展览区域，每个区域配备一名女营业员。

会场中央竖有一个直达天花板的玻璃展柜，展柜里的台座上铺着奢华的黑丝绒，上面并排陈列着三件珍品：左边是钻石台钟，右边是红宝石王冠，中间是由几千颗上等珍珠制成的二十厘米高的三重塔。

珍珠三重塔是三重县颇有名气的珍珠大王参展的珍品，取名"志摩女王三重塔"，是二十多年前为参加东京博览会特意请名匠精心打造的。据说在那次博览会上，法国大盗亚森·罗宾施展惊天手段盗走了这座稀世珍宝，日本著名大侦探明智小五郎历经艰难险阻，克服种种困难后终于将其追回，当时轰动了整个东京乃至日本，明智大侦探由此名闻天下。

商场举办珠宝博览会的消息传出后，东京市民纷纷赶来一饱眼福。志摩女王三重塔由于二十年前的风波几乎家喻户晓，因而成为博览会上最具人气的展品。

一天早晨，商场大门刚打开，一位老者就走了进来，他自称珍珠大王，询问博览会事务所在哪里，并要求面见负责人。老者身后还跟着一个身穿西装的年轻人。

工作人员听说珍珠大王亲临，惊讶不已，志摩女王三重塔正是他慷慨拿出的展品。老人被请到贵宾室品茶，总经理闻讯也立即赶到，将其奉为上宾。

"我是昨天到东京的，顺便拜访贵店。另外，有一件事要拜托贵店。"一身和服的珍珠大王面色红润、声音洪亮，完全看不出已有八十岁的高龄。

"请尽管吩咐。"总经理毕恭毕敬地答道。

"是这样的，珍珠塔上有一颗珍珠，表面有一丝裂痕。当时因为急于参展，没来得及调换。尽管受到一致好评，可这个小瑕疵还是让我放心不下。适逢来东京办事，就顺便带来一位工艺美术师。他叫松村，是我公司下属工厂的车间主任，技术上出类拔萃。我让他马上调换，不需要很长时间……当然，调换期间我必须亲自在场。所以我才亲自带他来博览会展馆。"

"那，是不是在这里调换？"

"是的，就在这里进行，你也必须在现场。当然，珍珠三重塔还得搬到贵宾室。松村君，你和总经理一起到博览会展馆去，把三重塔搬来。"

于是，总经理带着松村急匆匆地赶到了五楼博览会展馆。离开馆时间还早，展馆里空无一人，安保人员和营业员各司其职。

"这三重塔有一颗珍珠需要修复，我把它搬到贵宾室去。"总经理对营业员说。说完，他取出钥匙，打开了展柜玻璃门的锁。松村小心翼翼地捧出珍珠塔，与总经理一起离开了展馆。

两人向楼梯走去，总经理走在前面，松村跟在后边，总经理拐到下一层楼梯的时候，松村恰好走到楼梯口，但他没有沿楼梯下去，而是沿着楼梯往六楼大步跑去。总经理下了五六级台阶，发现松村没有跟过来："喂，松村，走错了，贵宾室不在六楼是在一楼，快跟我往下走。"

总经理连声大喊，可松村头也不回，很快就不见了人影。

"喂，你没听见我说吗？贵宾室不在六楼！"总经理脸色骤变，赶忙追了上去。当他跑到六楼的时候，松村已经上了七楼，那是商场的屋顶花园。

"快来人啊！抓贼啊！有人偷走了珍珠塔！"总经理一边拼命大喊，一边穷追不舍。听到喊声的营业员们争先恐后地涌上屋顶，在五楼展厅担任警戒任务的安保人员也迅速赶来。

总经理跑上屋顶花园四下打量，就是不见松村的人影。屋顶花园还没到营业时间，此时空无一人，一身黑色西装、手持珍珠塔的松村不可能就这样消失得无影无踪。

营业员们和几个安保人员展开地毯式搜索，对可能藏人的地方更是重点搜查，但还是没有发现松村的行踪。

"可能从消防楼梯逃走了，大家快去楼梯那里看看！"总经理大声提醒。

正在这时，一个营业员一边大叫一边伸手指向空中："看，在那里！那家伙在天上！"

大家不约而同地顺着手指的方向看去，只见松村仿佛表演杂技似的正飘浮在半空。没有人想到他竟还有这么一手，刚才谁也没注意天上。

大象气球

商场的屋顶上空飘浮着一只巨大的大象气球，这原本是做广告用的，足有真正的大象两倍那么大。绳索的一头系在屋顶上，另一头则拴在大象气球上。大象气球就这么在空中飘飘悠悠。

松村攀在绳索上朝大象气球爬去，绳索和气球剧烈晃动。两名安保人员见状朝固定绳索的手摇升降器跑去。要抓住松村并非难事，只要转动手摇升降器，就能收回飘浮在空中的大象气球。

松村不知什么时候扔掉了丝绒盒子，用一块黑布把珍珠塔扎紧挂在了自己的脖子上。

"快，大家一起！"一名安保人员一把抓住手摇升降器的手柄拼命转动起来，营业员们也一拥而上，众人合力，手柄被转得飞快。于是大象气球开始摇晃着缓缓下降。

松村见状加快了攀爬速度，不一会儿就摸到了大象气球的脚。可无论如何，大象气球还是被牢牢拴在屋顶上，而且正在缓缓下降，松村是不可能逃之夭夭的。这会儿绳索已经收回了一半，而且回收的速度越来越快，庞大的大象气球犹如乌云压顶，距离楼顶越来越近。这时松村已经牢牢抓住了大象气球的腹部，裹着珍珠塔的包袱仍然挂在脖子上。

"就差最后一点儿了，大家加油！"

在安保人员的鼓动下，营业员们使出了全身力气。突然，所有人一个个仰面朝天倒在地上，失去控制的手柄一个劲儿地空转。大象气球挣脱了束缚，扶摇直上，随风飞去。

原来，拴住大象气球的绳索被松村用匕首割断了。

大象气球腹部拴有一个吊床，松村躺在吊床

里，一边向下俯瞰，一边用右手捏着鼻子做鬼脸，嘲笑屋顶上的人们。

绳索上每隔四十厘米拴有一个绳结作为抓手。这些绳结和吊床无疑是事先就准备好的。

借着猛烈的西北风，大象气球迅速向东南方向飞去，在人们的眼中越来越小，最后终于消失了。

就在大家齐心协力转动手摇升降器手柄的时候，总经理像是忽然想起什么，拼命朝电梯跑去。他站在电梯门前，不住按动开关，心里只有一个念头：尽快通知仍在贵宾室里傻等的珍珠大王。

电梯下到一楼，他赶紧奔向贵宾室，可贵宾室里竟然空无一人，珍珠大王早已不知去向。询问附近的营业员，都说什么也不知道。

"糟糕！珍珠大王是冒名顶替的。"

总经理拿起电话，与珍珠大王在东京开设的分店联系。当问起对方珍珠大王是否来了东京时，分店经理矢口否认："没有这回事！我也没听说社长最近要来东京。"

珍珠大王和松村都是假冒的，这下确定无疑了。

迄今为止，总经理与珍珠大王只见过一次面，记忆中对方的长相早就模糊了。他做梦都没有想到，竟然有人冒充八十多岁的珍珠大王，而且年龄、长相都相差无几，简直可以以假乱真。后来，假冒珍珠大王的人被捉拿归案，事情才真相大白。那人不是盗贼，而是一个七十好几、上门收破烂的老人。他收了别人的钱，扮演了一回珍珠大王，当了一回盗贼的帮凶，还以为只是一场恶作剧。据警方说，老人是初犯。

真正的盗贼是假冒的车间主任松村，他割断绳索，乘着大象气球不知飘到哪里去了。如果一直随风飘去，应该会经过品川，到达东京湾。因为在飘浮过程中气球会逐渐漏气，最终会坠入太平洋。虽说海上不时有船经过，可太平洋毕竟一望无际，谁会特别留意到他呢？

总经理赶下楼去通知冒牌珍珠大王的同时，一名安保人员用电话报了警。警视厅立即派出直升机展开搜捕。直升机上除飞行员外，还有中村警部和另一名警官，两人都配着枪，中村警部胸前还挂着望远镜。

从安保人员报警到警视厅派出直升机用了三十分钟，气球只能依赖风力，被直升机追上只是时间问题。

当直升机飞到著名的品川炮台上空时，手握望远镜四下搜索的中村警部大叫："我看见了，我看见了！看，大象气球就在那里，距离我们不到八百米，就在正前方。快！全速追上去！"

直升机加速飞行，很快，视野中的大象气球肉眼可见地越来越大。

追到只有一百米的时候，中村警部已经可以看到飘飘悠悠的大象气球下边，那家伙正躺在吊床里，手扶两边的绳索，十分悠闲惬意。

大约三百米后的海面上，一艘快艇正乘风破浪快速驶来。这是水上警署接到警视厅的命令派出的快艇，配合直升机追捕盗贼。

"这下好了，就算气球坠海他也跑不了了。"中村警部一边自言自语，一边举枪瞄准了大象气球。只要射中气球上随便什么位置让气球漏气，那家伙很快就会掉到海里，水上警署的快艇就可以立即将他捉拿归案了。

中村警部连开三枪，每次枪声过后气球都会一阵痉挛似的摇晃，表面随即出现许多皱纹，朝海面迅速下降。

"好极了，希望那家伙会游泳。"

直升机开始下降，与此同时，水上警署的快艇也正向气球预计坠海的位置快速靠近，气球擦着水面的时候，快艇已经赶到了。

快艇上的警官扔出铁钩，牢牢抓住气球。大象气球四脚朝天，腹部裸露出来。于是，吊床里的盗贼暴露在众目睽睽之下。快艇上的警官们刚要把盗贼抓到快艇上，猛然间异口同声惊呼起来："这不是人偶吗！"

吊床里的居然是橡胶人偶，真是让人始料不及。那人偶穿着与松村同样的黑色西装，从远处根本无从分辨。可从商场屋顶爬到大象气球上的家伙确实是松村，那一连串动作绝非人偶能够做到，难道是飘在天上的时候李代桃僵？

逃之夭夭

　　警官们把人偶抱到快艇上仔细搜查，发现人偶手上握有一张便笺：

　　　　各位辛苦了！志摩女王三重塔已经在我手中，我一定会好好珍藏。我今后还要收集各类宝石，创建一家盖世无双的宝石博物馆。

　　　　　　　　　　　　　　　　灰色巨人

　　警官们个个咬牙切齿，悔恨交加。可令他们不解的是，盗贼自称灰色巨人，这究竟是怎么回事？

化装成宝石工艺美术师的盗贼既没有身穿灰色西装，也不是什么高个巨人。看来，这家伙可能仅仅是一个小盗贼，其背后大概藏有盗窃团伙首领之类的大人物，那才是什么灰色巨人，但灰色到底是指什么？警官们绞尽脑汁仍然琢磨不出什么所以然来。

三十分钟后，警官们乘坐快艇返回水上警署。据警署署长说，刚才有一个男人来到警署接待室，把自己亲眼看见的情况报告给了接待警官。

一个小时前，他划船到炮台附近钓鱼，无意中发现头顶飘过一个大象气球，朝浅海方向飘去。断了绳索的大象气球飘到这里实在是太罕见了。他好奇地望着天空，只见大象气球腹部突然掉下一样东西，那东西很快涨大成飘飘悠悠的一团，定睛一看，原来是打开的降落伞，伞下有一个人，降落到了海上。就在这时候，远处驶来一艘快艇，在附近海面打起转来，等降落伞与快艇非常接近时，快艇上的人一把抱住了跳伞的人。随后，快艇朝品川方向飞驰而去。当时附近还有几艘钓鱼的小船，船上的人都伸长了脖子好奇地观望，大家都不知道跳伞的家伙就是偷走珍珠塔的盗贼。快艇离开后，大家又兴致勃勃地钓起鱼来。

男人第一个返回码头，归还小船的时候听到岸上有许多人议论纷纷，说什么有一个神奇的大盗偷走了珠宝博览会上的珍珠三重塔，随后乘坐一个大象气球逃跑了。他马上想到了刚才在海上看到的情况，于是赶紧来到警署报告。

此时罪犯已经逃走一个多小时了，再追也无济于事。水上警署对东京湾里的所有汽艇进行了排查，没有发现可疑船只。经警视厅批准，水上警署向各兄弟警署和派出所发出了紧急协查通知。几天过去了，还是没有任何线索。

小女孩和预告信

　　那之后的十多天，东京平安无事。

　　灰色巨人的手下乘坐快艇逃走后，至今杳无音信。灰色巨人可能就是盗窃团伙的头目，但他到底长得什么模样，如今躲藏在哪里，没人知道。时间就这样一天一天过去了。

　　一天晚上，银座有名的大赞堂珠宝店里发生了一件怪事。

　　晚上七点，银座闹市街上熙熙攘攘，车水马龙。大赞堂珠宝店门庭若市，营业员们忙得不可开交。这时候，一位身穿漂亮时装的少妇走进店里，身后跟着一个可爱的少女，两人不像是母女，倒像是一对姐妹。少妇走到玻璃柜台前，要求营业员取出柜台里的珍珠项链看一下。营业员见少妇穿戴华丽，举止优雅，以为来了大主顾，不由得心中暗喜，从柜台里取出好几串价格昂贵的珍珠项链，排列在柜台上供少妇挑选，还说了一大堆奉承话。少妇不慌不忙地一一戴上比较，突然，店外一阵喧哗，沿街橱窗前很快就挤满了人。

营业员赶紧跑到店门外，只见一位青年仰面倒在地上，四周站满了围观的人。

"怎么啦？能站起来吗？"人群中挤出一位绅士，扶起青年后在他耳边大声说道。

青年睁开双眼难为情地望着大家，满脸困惑："刚才不知是谁撞了我一下，我只觉得眼前一黑，便倒在地上了。现在不要紧了，谢谢。"

青年说完，勉强站起来，挤入人群消失了。

突如其来的喧哗，使得大赞堂珠宝店里的营业员和顾客纷纷拥到门外看热闹，直至那青年离开后才返回店里。少妇也重新回到柜台前，又开始对着镜子比试。可能是挑选不出中意的项链，便说了一声"以后再来"就离开了。

营业员只得悻悻然收起项链，逐条放回柜台里。突然，她脸色大变："喂，站住！"

正要走出店门的少妇莫名其妙地望着营业员："是叫我吗？有什么事吗？"

"真对不起，少了一串项链，您大概不小心拿错了……"营业员满脸堆笑。

"你说什么？我拿错了项链？别血口喷人！"少妇气势汹汹，暴跳如雷。营业员面如土色，一句话也说不出来。旁边柜台的营业员听到争执也围了过来，附在呆若木鸡的营业员耳旁轻轻说了几句。

"是啊，那小女孩怎么不见了？您带来的小妹妹上哪里去了？"

"小妹妹？我根本就没有带什么小妹妹，我是一个人来这里的。"

"可刚才，您身边一直站着一个小女孩。"

"哦，我身边好像是有一个小女孩，可她不是我带来的，我根本就不认识她。"

少妇说完，营业员们着急起来，大家七嘴八舌地议论，店里一时间嘈杂不堪。两个营业员连忙跑到门外四处搜寻，可小女孩早已不知跑到哪里去了，连人影都没有见着。

"可恶！我们上当了！那么漂亮的小女孩，居然是行窃老手！实在对不起，刚才是个误会，请您多多包涵。"营业员不停地向少妇弯腰行礼，连声道歉。

"既然是误会，那就算了。这是我的名片，如果还有什么怀疑，请尽管找我。"少妇说完递给营业员一张名片，走出商店大门。

少妇走后，营业员们正准备收起已经空空如也的项链盒，突然发现一张折起的便笺：

各位，谢谢你们的协助，这串项链我就拜领了。今天只是小试牛刀，一星期内我还要拜访贵店，到时将取走所有宝石。还请务必小心防备。

灰色巨人

原来那个小女孩是灰色巨人的手下，店外晕倒的青年说不定也是。他们故意制造混乱，掩护小女孩盗走了项链。不仅如此，还留下了这张纸条。

灰色巨人到底是谁？这家伙神出鬼没，这些手下也非泛泛之辈。看来，更可怕的事还在后头呢。

大赞堂珠宝店的店主看完纸条后立即向当地警方报了案。但他还是不放心，左思右想，想到了大侦探明智小五郎。之前就听说过同在银座的同行也曾收到类似的预告信，请来明智小五郎协助，结果不仅保住了财物，还将罪犯生擒活捉。这件事曾经轰动一时，给他的印象太深了，所以他又马上给明智侦探事务所打了电话。

"是明智侦探事务所吗？我是银座大赞堂珠宝店的店主。最近传得沸沸扬扬的灰色巨人居然盯上了我，请先生务必接下委托……"

电话里传来明智大侦探镇静的声音："别担心，我对灰色巨人也很有兴趣。详情还是面谈吧。"

"那好，我这就登门拜访。"

"不，还是我去您店里。为制定防盗措施，我还得了解一下现场。"

通话结束还不到二十分钟，明智大侦探就带着助手小林赶到了大赞堂珠宝店。在会客室落座奉茶后，店主开始讲述："警方派来三个便衣警察，负责店内外的巡逻。可我还是觉得不踏实。我们合计了一个办法，请您看看是否妥当。"

店主说到这里停顿片刻，看了一眼明智，明智点点头，示意他说下去。

"店里有二百多件单价超过五十万日元的珠宝，总价超过一亿日元。我想把这些高价商品藏起来，空出的首饰盒里放上替代品，用玻璃制品代替钻石，珍珠则换上廉价的人造珍珠。单价在五十万日元以下的商品还是放在柜台里。您看这样是否妥当？"

"您想把珠宝藏在哪里？"

"我看过一本小说，上面说最简陋、最肮脏的地方，就是藏东西最安全的地方。所以我准备用旧报纸把它们包成两个小包裹，放到储藏室里。储藏室里堆得乱七八糟的，都是些没什么用的破烂货，东西放在那里，肯定不会引起注意。谁也不会想到那种地方竟然藏着价值一亿日元的珠宝。"

明智听完笑了："您这想法太有趣了，我觉得不妨一试。不过，除了您和保安部长外，绝对不要让其他人知道。"

明智说着站起身，走到门口站了一会儿，又悄悄推开房门，探出脑袋看了一下走廊里的动静，这才重新关好房门，回到座位上轻声问道："刚才端茶和送点心来的女佣是什么时候来店里的？"

"是最近聘用的。是有恩于我的人介绍的，不必担心。那孩子……"

"那样的话就太好了。"

明智凑到店主耳边轻声耳语了一番。

"什么？那……"

"如果您能按我说的做，肯定能够化险为夷。我和小林自然也会尽力的。"

店主略作思量，喊来上了年纪的保安部长，明智对他也说了许多注意事项，之后就与小林驾车回事务所去了。

第二天晚上，大赞堂珠宝店接到了邮递员送来的预告信：

三月七日晚，登门拜取珠宝，敬请期待。

灰色巨人

店主看着这简短的内容浑身直冒冷汗。尽管已经做了周密的安排，但三月七日就是明天，也就是说，明天晚上十二点之前，这个胆大包天、目中无人的灰色巨人就要……他急忙向警署和明智侦探事务所报告，一来通报信上的内容，二来请求警方与明智增派力量保护。

侏　儒

三月六日晚上，大赞堂店主和保安部长趁值班营业员熟睡之际悄悄起床，将装有高价珠宝的旧报纸包裹藏在了仓库一角不值钱的旧家具堆里，又把首饰盒里换上了替代品。

三月七日晚上，警视厅派来三名警官，一个化装成营业员在店里，另外两个则化装成行人在沿街橱窗前散步。店里当天还特别规定，无论什么客人光顾，高价宝石一律禁止取出。只是本应露面的明智却不见踪影，他究竟在干什么，谁也不知道。

店里除保安部长外，还有十多名营业员，随着天色逐渐黯淡，大家都格外紧张，即便有人只是走进店里随便看看，所有人都会十二分地警惕，瞪大眼睛不住打量，生怕看漏任何蛛丝马迹。然而直到晚上十点商店打烊，一切如常，什么都没有发生。

从现在起直到十二点才是最危险的时间。营业员根据保安部长的吩咐，准备通宵坚守在保险柜前。他们并不知道，真正的珠宝都裹在旧报纸包里，夹杂在那些破旧的家具中间。打烊后柜台和展柜都如往常一样罩上了白色的遮灰布。店里的灯光被调到了标准亮度的一半。

一个营业员在展柜之间走来走去的时候，突然发现对面遮盖在玻璃柜台上的白布正在微微晃动，店里门窗紧闭，白布怎么会无风自动？营业员停下脚步，目不转睛地观察了好一阵子。

"喂，谁躲在那里？"营业员大喝，并大步蹿了过去。突然，那东西"嗖"的一声不见了，又不知躲到哪里去了。是老鼠？那家伙显然比老鼠大得多。

"是个小孩！"一个眼尖的营业员大叫。从在柜台间躲闪的动作来看，好像是一个十岁左右的儿童。

"他逃到那里去了，抓住他！"店里的众人一阵手忙脚乱。

一个营业员蹲下身去，准备守株待兔。这时候，旁边的白布也此起彼伏地飘动起来，似乎有东西正在冲过来。看形状，既不像小孩也不像动物。蹲在地上的营业员慌了神，正要逃开，突然仿佛被人兜头浇了一盆冰水似的，全身麻木僵硬，怎么也站不起来。

"嘻，嘻，嘻，嘻……"白布下传来令人毛骨悚然的笑声。

"快出来，别躲在那里装神弄鬼的！"营业员的声音有点颤抖。

"嘻，嘻，嘻"的笑声反而更大了，白布下"呼"地钻出一个人来，诡异的笑声正是出自他那血红的大嘴。那确实是一张成年人的脸，但脑门仅与柜台台面一般高，脖子以下的身体又瘦又小，与那张脸极不相称。那张脸好像有三十多岁，但身体却比十岁儿童还要瘦小。

"嘻，嘻，嘻……我早就在你们店里了，可是你们一直都没发现，真是一群蠢货，嘻，嘻……"那家伙洋洋得意，竟是一个侏儒。

营业员们一时瞠目结舌，不知如何是好。还是化装成营业员的那位警官头脑清楚，一步一步朝侏儒紧逼："你为什么要躲在我们店里？"

侏儒没有丝毫怯意，继续嘻嘻笑着："你想知道原因吗？"

"别兜圈子，快说！"

"嘻，嘻，嘻……你们是害怕灰色巨人吧？看你们吓成这样，是怕灰色巨人突然出现吧？"

"你是灰色巨人的同伙吗？"

"嗯，你们这样想也行。"

侏儒双手叉腰，高扬着脸，骄横跋扈，目中无人。

警官按捺不住心头的怒火，一个箭步冲上去就要抓住他。但那侏儒的身手出乎意料的敏捷，只见他一闪身躲过警官伸过去的手，逃到了柜台间的夹缝里。柜台间的间隙成年人根本进不去，但那侏儒却能行动自如，东逃西窜，店里顿时乱作一团。

突然，电灯熄灭了，店里一片漆黑。

"快！谁去把电灯打开！"

营业员立刻找到墙上的开关打开电灯，但那侏儒已经不知去向。大家找遍了展柜背后和柜台之间的间隙，就是没有那侏儒的影子。门窗紧闭，通向后堂的走廊也有人把守，那侏儒肯定还在店里，但他竟这么一阵烟似的消失了……

追　踪

　　店主和保安部长赶紧召集所有人开会。这是灰色巨人的惯用伎俩，一定是重金雇用侏儒在店里闹得天翻地覆，转移大家的视线，他则趁机浑水摸鱼。

　　就在店里一团忙乱的时候，大赞堂后的仓库门悄无声息地打开了，走出一个女佣。此时大家都在店里，仓库门前空无一人。之前明智来店里与店主商谈的时候，她就躲在走廊上偷听他们谈话。

　　只见她把两团旧报纸揣进外套，蹑手蹑脚地朝后门走去。

出了后门，恰好一辆出租车驶过，她赶忙招手拦下，又小心观察了一下周围的动静后才坐上出租车走了。

三十分钟后，出租车驶过白须桥，停在了隅田公园旁一处僻静的街巷。女佣下了车，很快消失在夜色里。就在这时，出租车后备箱打开了，一个少年悄悄钻了出来。少年走到车窗旁，与司机耳语了几句，随后向着女佣离开的方向跟了上去。

少年正是明智的助手小林芳雄。他根据明智先生的命令，找到熟悉的出租车司机，事先藏在后备箱里，让司机驾着出租车在大赞堂珠宝店背后的路上来回行驶，以"迎接"可疑的女佣。明智早料到女佣是灰色巨人的同伙，会趁乱对藏在仓库里的珠宝下手，于是吩咐小林跟踪她，直至摸清楚灰色巨人贼巢的所在地。

女佣在昏暗的树林里快步穿行，小林紧随其后，神不知鬼不觉地跟踪着。走了一百米左右，女佣停下脚步，站在暗处好像等什么人。不一会儿，树枝发出哗啦啦的响声，茂密的树丛里钻出一个人影。树林里光线太过昏暗，看不清楚那家伙的模样，只能看出似乎比普通人高大，身材魁伟，身披风衣，还戴着一顶礼帽。

女佣把旧报纸包裹递给那个男人，转身沿来路返回，小林急忙隐蔽在大树背后。

下一步该怎么办？对，女佣两手空空，应该放弃对她的继续追踪，把跟踪目标转向那个男人。男人大步离开，小林悄悄跟在他的身后，与他始终保持十米左右的距离。走出不远就到了大路上，借着路边的路灯，小林看清了他的长相，不由得屏住呼吸，似乎察觉到了什么——帽子、风衣、裤子和鞋，都是灰色的。男人转身看了一眼背后，竟然连脸也是灰色的。

"这家伙肯定就是灰色巨人，盗窃团伙的头目。"小林想到这里，不禁微微颤抖起来。

男人停下脚步，等了好长时间。忽然，他开口了："喂，你怎么也停下不走了呢？怎么还不过来？我在等你啊。"

声音很粗很低沉，那家伙说话时脸仍朝着前方。

他说的"你"到底指谁？这里除了他和小林不可能还有第三个人。他是怎么察觉的？

小林大吃一惊，此时再想跑恐怕是逃不掉了，只能硬着头皮上了。他鼓起勇气，走出隐蔽处，向那男人走去。

"哈哈哈……你就是明智小五郎的助手小林芳雄吧？你躲在出租车后备箱里跟踪到这儿——当然，这只是我的猜测——是想要回我手里的东西吧？这怎么可能呢？要对付你这样的少年简直不费吹灰之力，你还是死了这条心吧，别再纠缠不休了。哈哈哈……我看，你还是过来吧。"

男人伸出大手一把抓住小林的衣领，小林束手无策，只能任凭对方摆布。男人带着小林朝隅田川岸边走去，好像是个小码头。水面淹没了石阶的下半段，上船下船十分方便。一艘快艇急速驶来停靠在石阶旁，男人上了船，笑嘻嘻地说："好了，我们就在这里分手吧。东西我照单全收，你呢，接下来也就无法再跟踪我了。我们之间的较量就到此结束。当然，是以你的失败告终。"

男人说完，一把推开小林，那艘快艇猛然加速，像离弦的箭一般驶离了岸边。小林只能眼巴巴地看着对手离开。

突然，他大声喊道："喂，你身上有手电筒吗？看看旧报纸里的东西吧，哈哈哈……到底是真是假，你应该能看出来。"

男人闻言足足愣了好几分钟才掏出了手电。顿时，他破口大骂起来。

"哈哈哈……你自以为天衣无缝，派手下扮作女佣充当卧底，没想到被明智先生一眼识破。他将计就计，编造假情报，故意让躲在门口的女佣偷听。事实上，仓库旧报纸包裹里的全是替代品，真正的珠宝都锁在保险柜里呢。哈哈哈……怎么样，到底谁胜谁负？"

"可恶，这仇我是一定要报的！"

男人气急败坏的叫骂声随着引擎的轰鸣迅速远去，不一会儿就消失在了隅田川上游浓浓的夜色里。

少年侦探登场

　　大赞堂事件一周后，少年侦探团团员园井正一来到明智侦探事务所，拜访明智先生的助手小林芳雄。

　　"喂，你脸色怎么这么差，一定有什么心事吧？"小林问道。

　　"嗯，确实是有事。我想找团长聊聊。"

　　"那就说吧。"

　　"我爸爸之前与十几个朋友说好了，让大伙参观我家的'彩虹宝石王冠'。这宝石王冠之前一直藏在老家，爸爸最近才把它带来东京。今天是我爸爸的生日，十多个朋友晚上都要来我家庆祝，为了助兴，我爸爸答应让大家参观彩虹宝石王冠。"

"彩虹宝石王冠？"

"那是一件非常珍贵的宝物，据说之前是某个国家的王冠，爷爷当年花重金从法国一个古董商人手里买下的，称得上稀世珍宝。上面镶有许多红宝石和蓝宝石，即便没有其他光源，照样五光十色，鲜艳夺目，所以爷爷给它取名为彩虹宝石王冠。想必你一定清楚我为什么会担心。那个灰色巨人无孔不入，专门偷盗高价珠宝，我猜他今晚肯定会潜入我家中。"

"可是今晚来的都是你爸爸的好友，除此之外，应该不会有其他人吧。"

"这我不太清楚。可灰色巨人神出鬼没，实在不能以常理度之。我有预感，他今晚一定会来。昨天傍晚，我就发现了可疑的家伙。"

"什么？你说发现了可疑的家伙？"

"是的。昨天傍晚，我正往山坡上爬，无意中抬头朝坡上看了一眼。夕阳下的山坡上并排站着一个大个子和一个小矮个。一个酷似雕像，另一个好像侏儒。侏儒肩膀上是一张大人的脸，身体却像个瘦小的孩子……那个大个子也许就是你说的灰色巨人。这一高一矮两个家伙手拉着手站在山坡上，仿佛幽灵一般遮挡着火红的太阳。我吓了一跳，转身逃下山坡。"

"你说的山坡在哪里？"

"在我家旁边，就是基督教堂那里的山坡。"

"这么说来，那家伙已经盯上你们家了？"

"正因为如此，我才忐忑不安，央求爸爸今晚别拿出来。但爸爸根本不以为然，说什么已经通知各位好友了，怎么可以出尔反尔扫大家的兴。"

"太危险了，如果今晚来的人中间混进了灰色巨人的手下，后果不堪设想。"

"我已经反复强调了这一点，但爸爸觉得来的都是好朋友，都是熟面孔，不会有什么陌生人混进来的。他还让我不要胡思乱想。"

"我明白你的来意了。这样吧，我召集少年侦探团的伙伴们，让大伙在你家周围监控。"

"那是最好不过了，谢谢！也许确实是我胡思乱想，但我实在是放心不下。"

"好，我这就通知大伙。"

小林来到客厅门口，明智正在接待客人。他请先生到门外走廊，把刚才的情况原原本本地告诉了先生。明智赞同他的安排，并嘱咐在带领少年侦探们布控时一定要加倍小心。

"在监控过程中千万别让团员们受伤。一旦有情况马上通知我。"

小林点头应下，随即电话通知了六名团员，由他和园井带队，一行八人迅速来到园井家周围布控。

彩虹宝石王冠

　　当天晚上，应邀参加生日晚会的客人们津津有味地品尝完美味佳肴后，来到客厅等着一睹彩虹宝石王冠的风采。客人共有十位，男士六人，女士四人，穿着打扮都非常讲究。加上园井的爸爸和妈妈，一共是十二人，正围在大圆桌前。

　　园井先生面前放着一只漂亮的银制大帽箱，他把手放在箱盖上，对大家说："这就是彩虹宝石王冠，请大家按照座位的顺序轮流观赏。"

　　箱盖打开了。宝石王冠被摆放在红丝绒台座上，那些镶嵌在上面的宝石在灯光下折射出各色光芒，客人们一个个瞪大了眼睛，惊叹不已。

"现在就请按照顺序观赏吧。"

"太棒了！简直比天上的彩虹还要美丽！"园井先生身边坐着的是一位十分漂亮的女人，她两眼直愣愣地盯着王冠，看得出了神，嘴里不停地赞叹。

装有宝石王冠的大帽箱依照客人们的座位依次传递着。轮到第五位客人观赏的时候，不知何故，电灯忽然熄灭了，房间里顿时一片漆黑。

难道停电了？不对，肯定是谁故意切断了电源。圆井先生赶忙起身跑向开关。

"啊——"不知哪位女客人惨叫一声。

"怎么啦？是谁？"是男人的声音。

"有一个小孩，他拽着我的手……"

"小孩？哪来的小孩？在哪里？"

一片漆黑中，大家纷纷起身。

"啊，在这里，是有一个小孩！"又有谁在喊。

"大家请冷静，宝石王冠现在在谁手里？"

园井先生一连问了好几遍，却没有人回答。大家都已经离开座位在黑暗中搜寻那个小孩，根本不知道宝石王冠究竟怎么样了。

　　园井先生终于摸到了开关，"啪"的一声，灯亮了，房间里的黑暗顿时一扫而空。当大家再看向桌上时都惊呆了——装着宝石王冠的大帽箱不见了。有几个人赶紧去桌子和椅子下面找，但什么也没发现，彩虹宝石王冠就这么不翼而飞了。

　　"刚才谁在说小孩小孩的，真有那么回事吗？"

　　"确实有。那小家伙只到我腰这么高。"

　　"那小孩还碰了我一下，他应该就躲在这房间里的什么地方。"

　　大家战战兢兢，四处张望。

　　园井先生难以置信："不可能有那么小的孩子，我家正一已经上初中了，即便有其他孩子也根本进不来。慎重起见，我在请大家参观前已经把门窗都锁好了。这可以说是一间密室。"

　　"可宝石王冠又到哪里去了呢？如果确实如您所说，那只可能是谁顺手牵羊把宝石王冠连同帽箱藏了起来。"

　　大家又在房间里仔细寻找了一遍。门和窗户经过核实，都关得紧紧的，而且都是从内侧锁好的。房间里凡是可疑的地方都搜查过了，没有发现丝毫可疑的迹象。大家心慌意乱，相互间你看看我，我看看你……

此时，以小林为首的八个少年侦探正分成两组沿着围墙来回巡逻。今晚星月无光，街上格外冷清，朦胧昏暗的路灯光有气无力地铺洒在柏油路上。

小林走在前面，身后的园井和另外两个少年侦探都是初中一年级的学生。

"那里好像有人。"园井家院子里的大树枝繁叶茂，树枝越过围墙伸到了大街上。此时，树枝正哗哗啦啦地摇晃着。少年侦探们看得清清楚楚，那不是风，而是有什么东西正在枝叶间攀行。好像是人，一个小孩。如此漆黑的夜晚，怎么会有小孩爬树？

正在这时，一根最粗的树枝垂了下来，一个小孩从树上跳到了地面。奇怪的是，脑袋怎么这么大，跟他的身体完全不成比例。脖子上还挂着一个大包袱。只见他双脚一触及地面，就像兔子似的撒腿飞奔。

"是侏儒！"小林和园井明白了。

那个挂在脖子上的大包袱里多半就是彩虹宝石王冠！一定是侏儒盗走了宝物！

"快追！别让他跑了！"

夜幕下，大脑袋的侏儒在前面飞奔，少年侦探们在后面穷追不舍。侏儒专拣僻静的小巷逃窜，不一会儿就来到了一大片黑压压的树林前，那是神社树林。侏儒头也不回，飞快地钻进了树林。

神社的树林占地极广，里面的树木枝繁叶茂，在里面藏个把人是很难发现的。少年侦探们在树林里分头寻找，结果一无所获。这家伙擅长爬树，说不定躲在哪棵大树上，但能藏身的大树遍地都是，谁也不知道他躲在哪棵树上，又不可能一棵一棵地爬上去核实，何况现在又是夜里。少年侦探们商量了一番，还是想不出什么好办法。

"那家伙也可能穿过树林逃到神社后面去了。走，去那里找一下。"小林说完，抢先朝那里追去。

神社后面是一大片草地，支着大帐篷，好像驻扎着马戏团。小林一行四人朝那里走去，帐篷正面挂着照明灯，光线很亮，只见两旁拴着两头大象和许多马匹，门前坐着身穿红白相间小丑服的门卫。

　　"请问刚才是不是有一个侏儒跑到帐篷里去了？"小林问道。

　　"什么？侏儒？"门卫用吃惊的目光望着四个少年。

　　"是一个矮个子，脑袋很大，身体很小。他是穿过神社树林跑来的。"

　　"这怎么可能呢，我们这儿怎么会有你说的那种怪物，我可没见过。现在是今天马戏表演的最后一场，而且马上要结束了。看，这里空空荡荡的，不会有什么客人进出。"

　　这里一马平川，假如有人经过，他一定会看到的。看来，那侏儒肯定还藏在树林里。

　　就在他们一筹莫展的时候，马戏表演结束了，观众们随着嘈杂的人声涌向门外。他们担心侏儒混在人群里逃走，一个个瞪大眼睛仔细搜寻，但还是一无所获。

园井仍不死心，等人群离开后又到帐篷门口朝里面张望。门卫见状，大声训斥："你东张西望地看什么？观众都走了，你们说的侏儒怎么会在我们这里？别开玩笑了，快回去吧！"

四人无可奈何，只得往回走，路过神社树林的时候又进去搜索了一个多小时，还是没有任何线索。

"不好！"小林惊呼出声。

"怎么啦，团长？"

"我们怎么会忘了这一点，马戏团都有侏儒演员，刚才我们去的那个肯定也有。我们一直追赶的侏儒会不会就是这个马戏团的演员？"

小丑和十女王

　　第二天下午，小林又增派了一些少年侦探，加上昨晚的八人，一共二十人，到马戏团帐篷里观看表演。二十名少年侦探，等于有了四十只眼睛，一旦发现可疑情况，立即电话通知明智请求支援。

　　首先是小丑与两头大象表演，然后是十女王骑马杂技表演，现在正是转场的间隙，舞台中央站着一个个头奇高的小丑。舞台周围是阶梯状的观众席，座无虚席的观众席中央，二十个身穿学生服、头戴学生帽的学生，分坐前后两排。

　　那小丑的个头是普通人的三倍，身穿十分宽松的无袖灰色长袍，脸倒是正常成年人大小，只是由于身材高大，就显得小了许多；脸上涂满白色的粉底，两颊涂有红红的大圆点——这是小丑们最普通的化妆；头上戴着红白条纹相间的尖顶圆帽。

"长袍里至少有三个大人，一个接一个地骑在肩上拼凑高度。"一名少年侦探说。

"嗯，有可能。这长袍怎么是灰色的？难道这家伙就是灰色巨人？"

这当然只是个玩笑，灰色巨人不可能出现在这种地方，像这样的角色多半是调节气氛的。但一提到灰色巨人，少年侦探们还是不由得面面相觑，莫名地紧张起来。

小丑的表演逗得观众席上哄堂大笑，接着是掌声和喝彩声，偌大的帐篷里顿时热闹无比。巨人晃动着灰色长袍在原地转圈，一转眼变成了三个小丑，左侧的小丑身高只有一米，中间的中等身材，右侧的则身材高大，前两个小丑的身高加起来才跟他一样。他们三人都戴着相同的尖顶帽，脸涂白色粉末，两颊涂着大红圆点，身穿红白相间的小丑服装。三人站成一排，向观众席鞠躬行礼，表情和举止令大家忍不住捧腹大笑。

"小林，你在隅田川岸边碰到的巨人是不是这个高个小丑？"一个少年轻声问。

"一时还看不出来。他脸上涂满了白粉，看不到本来面貌，得卸了妆才能确认。"

"这家伙大概还没发现你呢。"

"这可说不定，但是……没关系，他总不能现在就在众目睽睽之下逃走，如果他真逃了，灰色巨人的真相我们也就清楚了。"

"还有那个侏儒。巨人和侏儒是一伙的，总觉得有点诡异。"

"嗯，如果高个小丑真是那个家伙就好了，不过，现在这么说还为时过早。我们再观察一阵，一旦发现可疑情况，就立即给明智先生打电话。"

这时候，观众席上又爆发出雷鸣般的喝彩声和掌声。

舞台上，三个小丑正卖力表演，仿佛转动的轮子不停地翻着筋斗。那个高个小丑果然是杂技表演的高手，筋斗翻得又快又漂亮。

　　表演一结束，三个小丑又再度向观众席鞠躬行礼，然后就向后台跑去。

　　接下来是十女王骑马杂技。

　　随着乐队的伴奏，后台帐篷门打开，骑在马背上的女王们相继登场。女王们年轻漂亮，个个身穿鲜红的长呢绒披风，内衬和镶边是白色黑点的翻毛皮，头戴金光四射的王冠，脚蹬黑色长靴。十顶王冠形状各异，但都金灿灿的，上面镶嵌着许多红宝石和蓝宝石。虽然王冠的金色是电镀的，"宝石"只是玻璃球，可在大帐篷里的照明灯光下照样光彩夺目。

　　十个女王骑着十匹白马，围着舞台外围的马道转圈。十匹白马精神抖擞，不时发出亲昵的嘶声，大踏步沿着马道转了三圈。这时，伴奏的音乐一变，女王们像听到命令似的，一个个脱下红披风扔在舞台上，露出金银丝镶边的彩色斑马条纹紧身衣和白色马裤，开始了她们的骑马杂技表演。只见她们在飞奔的马背上忽左忽右，做出各种高难度的动作，随后三匹马并驾齐驱，左右两个女王各伸出一条腿站在中间的马背上，另一条腿站在自己骑的马背上，中间的女王则两腿分别站在左右两个女王的肩上。三女王叉开双腿，双手平伸，呈三个"大"字形骑在马背上，三顶王冠金光四射，红宝石和蓝宝石交相辉映。

"小林，那顶王冠怎么看都像真的。"园井轻声对身边的小林说。

"哪一顶？"

"就是站在上边的女王头上的王冠，与我家被盗的彩虹宝石王冠一模一样。"

"什么？你说那就是彩虹宝石王冠？"

"对，肯定是的！看，就那顶王冠是真金，不是镀金。还有那上面的宝石，不是玻璃球，而是真宝石。下边两个女王头上的王冠根本不可同日而语。"园井十分肯定。

"好，我去给先生打电话。园井，你可一定要沉住气，先不要对其他人说，以免打草惊蛇。我去去马上就回来。"

小林叮嘱完就向帐篷外走去。他找到附近一家小商店借用电话，将看到的情况一五一十地向明智先生做了报告。

十女王的马戏表演持续了二十多分钟，随后是空中杂技，演员们在空中高悬的几副秋千上翻腾跳跃，惊险万分。就在观众们的注意力都被吸引到舞台上空的时候，明智出现在了大帐篷门口。小林一直留意着门口，一看到明智立即迎了上去。

明智赶紧把小林拉到暗处："警方已经包围了帐篷，指挥官是中村警部。快告诉我，那个头戴彩虹宝石王冠的女人现在在哪里。"

"十女王马戏表演刚结束，我想她大概还在后台，也许正在卸妆。"

"好，我和中村警部这就去后台。你们马上分散离开，到帐篷周围埋伏。小心点儿，别让对方察觉。"

明智嘱咐完，随即来到大帐篷外朝隐蔽在树丛里的中村警部打了一个手势，两人一前一后径直朝后台走去。

逃 窜

　　马戏团后台是与大帐篷相连的一个小帐篷，演员们正在里面休息，显得非常拥挤。帐篷一角，刚演出完的十女王围成一圈还没来得及卸妆。这时，侏儒小丑从门外鬼鬼祟祟地进来，走到一个女王身边，悄悄地耳语了几句。这女人头上戴的就是彩虹宝石王冠。

　　女人听完侏儒的耳语吃惊地站起身，瞪大眼睛四下张望。突然，她分开人群朝帐篷后门走去。

　　恰好明智和中村警部正向后台走来，与女人擦肩而过。又走出几步，女人突然加快了脚步，拔腿朝大帐篷飞奔。

"就是刚才那女人!"明智大叫,同时转身就追,中村警部也急忙跟上。

那女人一头钻进大帐篷里,纵身向上一跃,抓住悬吊在秋千下的绳索,手脚麻利地朝秋千爬去。看到这一幕,观众席上一阵喧哗。

"快抓住那家伙!她是罪犯!"中村警部追到了舞台上,抬头盯着还在往上爬的女人,大声喊道。

大帐篷门口又进来五个便衣警官,赶到中村警部身边,其中一个警官抓住绳索也开始向上攀爬。

这一幕让观众们目瞪口呆,观众席上一片肃静,纷纷站起来直愣愣地看着。正在台上演出的演员们也惊呆了,聚集在舞台中央向上观望。

沿绳索向上攀爬的女人见身后有追兵,加快了速度,不一会儿就爬到了秋千上。她马上试图解开系在秋千踏板上的绳索,一旦被她得逞,还在攀爬的警官就会坠地。那警官见状也慌张起来,可事到如今只有继续攀爬才是唯一出路,而且必须抢在绳索被松开前爬到秋千踏板上。他使出全身的劲儿拼命往上爬，就在右手快要触及秋千踏板的时候，观众席上一片惊呼——女人解开了绳索。顿时，警官手里攥着绳索，直直向下坠落。

场内鸦雀无声，观众们紧张得屏住了呼吸，个个瞪大眼睛，看着从二十米高空朝地面坠落的警官。好在秋千下面距离地面七米左右的空中铺设着一张安全网，警官有惊无险地掉在了网里。

中村警部从男演员中挑选出几名擅长空中杂技的，请他们协助警方追捕秋千上的女人。身强力壮的演员们身穿紧身衣裤，抓住另外三个秋千踏板下垂着的绳索向上爬去，身形矫健，快如猿猴。女人见他们向上爬来，表情变得紧张起来，她一边荡秋千，一边猛踢周围的三个秋千踏板，试图阻止他们，宝石王冠和红披风随着她的动作在空中飘荡起来，犹如美丽的彩虹。但演员们毕竟身手了得，不一会儿已经爬到了秋千上。帐篷顶上装有悬挂秋千的"田"字形框架。演员们爬到框架上，从三面逼近，将女人包围在当中。

女人摇晃秋千的幅度越来越大，几乎要碰到帐篷顶了，可彩虹宝石王冠却丝毫没有掉落的迹象，原来王冠下有丝带，牢牢地系在了女人的下巴上。

这时候，一个演员已经从框架上爬到了女人那个秋千上方，他用两只脚夹住框架固定身体，倒挂着伸手去抓秋千两边的绳索。女人见势不好，猛地一蹬，将秋千朝前荡去，荡到最高点的时候，只见她突然松开手，只凭惯性将自己抛了出去，稳稳地站到了框架上。她举手撕开帐篷顶部篷布的交汇处，往上一纵就钻到了帐篷外。

演员们见状也连忙跟着钻出帐篷。一场惊险刺激的室内追捕就此结束，追捕战场转移到了帐篷外。四个黑影在夜色中排成一线，篷布被踩得此起彼伏。

突然，帐篷外一阵大乱："大象！大象逃跑了！"

帐篷门外拴着大象的铁链不知被谁打开了，两头大象没有了束缚，正在空地上撒欢。在帐篷外布控的警官都追了上去。马戏团的演员和工作人员大吃一惊，急忙冲出帐篷，观众们也都跟着出来看热闹。驯象师不知上哪里去了，连人影也没见着。大家无可奈何，只能远远看着。

这时，在帐篷上逃窜的女人已经被三名演员逼得走投无路，她往下看了一眼，企图跳到地面，正看到人头攒动的热闹场面。就这么跳到人群里，岂不是自投罗网？可不跳的话继续待在帐篷上也只能是坐以待毙。事到如今，只有孤注一掷了。

女人看准大象的行动路线，就在它走到帐篷边的时候，突然跳向大象背上。这实在是铤而走险，一旦稍有偏差，就可能成为大象脚下的牺牲品。真不愧是马戏团的杂技演员，女人不偏不倚地跳到了大象背上，稳稳地骑在上面。

大象被突然从天而降的女人吓了一跳，一声长鸣奔跑起来。人群见状顿时乱作一团，惊呼连连，四下散开。没有驯象师的约束，载着女人的大象朝神社树林一路狂奔。警官、马戏团演员以及看热闹的观众们一片喧哗，但谁也不敢靠近。

少年侦探团的二十个团员按照小林的吩咐分

成两组，每组十人，第一组追赶大象，第二组一分为二，抄近路抢先赶到神社树林的两个出口准备伏击。

大家追着大象进入树林的时候，第二组两批人马已经在两个出口各就各位。受惊的大象见大家紧追不舍，猛地转过身长鸣不止，同时不断甩动长长的鼻子。追在最前面的少年侦探们毕竟还是第一次跟这种庞然大物打交道，吓得转身就跑，身后的人群也惊呼不止，四下逃窜。吓退了人群，大象载着头戴彩虹宝石王冠的女人消失在神社树林里。

十分钟后，埋伏在东侧出口的少年侦探气喘吁吁地跑来向小林报告："大象已经跑出树林了，可大象背上的女人不见了。那女人多半藏在树林里，是否建议警方马上对树林展开搜索？"

小林把这一情况告诉了一名警官，那名警官又向帐篷里的中村警部做了报告。不一会儿，中村警部带着三名警官朝这里跑来，开始搜索神社树林。小林带领第一组十名少年侦探协助警方搜查，同时命令第二组继续埋伏在两个出口。

警方展开了地毯式搜查，连神社也没有放过。神社牌坊是大石块垒砌的，从牌坊到神宫有一条石板铺砌的路，石板路两侧各有一排石灯，神宫门前的石阶两侧各有一尊石狮子。

第一组除四名少年侦探把守神社正门外，其余五人在小林的带领下跟着中村警部和三位警官在神社里搜索。负责树林东侧和北侧两个出口的第二组也抽调出四名少年侦探支援搜索。四位警官和十名少年侦探经过一个多小时的搜索，连女人的脚印也没有发现。

中村警部命令大家暂停搜索，返回马戏团帐篷与明智会合。

"小林，那女人肯定藏在附近。"园井心有不甘。

"嗯，我也是这么想的。如果明智先生在这里，一定能抓住那个女人。"

"先生在哪里？"

"在帐篷里。"

"为什么不到神社来？"

"马戏团里有罪犯。"

"什么？有罪犯？"

"就是那个侏儒和高个男人。真正的罪犯也许是那两个人，所以先生留在了帐篷里。"

"原来如此……不知道大象现在怎么样了。"

"不用担心，我问过中村警部了，当地警署和消防署正组织力量围捕。"

"要用枪吗？"

"不，不能射杀，只能活捉。消防署已经出动了好几辆消防车……园井，你是怎么想的？大象的皮肤好像是灰色的……你想想看，灰色巨人……灰色大象，都是灰色，我总觉得这里面大有文章。"

"被你这么一说还真是，这里面确实有很多疑点。"

"确实，这些罪犯神出鬼没，手段每每出人意料，可他们真正的意图是什么呢？"

说话间，已经来到马戏团帐篷门口。由于刚才的突发事件，演出不得不中止，观众们早已离去，帐篷里一片死寂。

中村警部在后台门口找到明智，巨细无遗地讲述了刚才搜索的经过。接着，他问明智："那两个家伙呢？就是那个侏儒和高个男人。"

"不知道，下落不明。"明智皱着眉头答道。

"什么？两个家伙都不见了？明智君，那个头戴宝石王冠的女人也不见了。这到底是怎么回事？"

"我搜遍了后台，连个影子也没有发现。从观众离场开始，我一直站在门口。我想两人大概会混在人群里，他俩的特征十分显眼，即便化了装也逃不过我的双眼，然而一直没有发现可疑人物。"

"会不会掀开帐篷下摆钻出去了？"

"帐篷周围都有警官布控，我问过他们，都说没看见。后台所有演员都接受了警官盘问，也都说没看见。除非他们趁着大象逃脱的混乱逃出了帐篷。"

"我的手下一直混在人群里监视，说没有发现这两个家伙。马戏团演员里也没有两人的影子。"

"照这么说，难道这两个家伙还躲在帐篷里，而那个头戴宝石王冠的女人还躲在神社里？真是太有趣了。说心里话，我喜欢这样的罪犯，这样才有挑战性。针对目前的情况，我想出一个办法，打算试验一下。我想，一定能找到三罪犯的下落。"明智充满自信。

追 捕

　　天色渐暗，夜幕降临，从马戏团出逃的大象优哉游哉地在大街上闲逛。

　　新闻媒体报导了大象逃到街上的新闻，人们闻讯消失得无影无踪，平日里熙熙攘攘的商业街悄无声息。警官们远远跟着大象，保持大约一百米的距离，但没有谁敢贸然上前。

　　大象一路闲逛，来到了电车道上。这时候，迎面驶来一列电车。当司机发现这个庞然大物时，已经来不及避让了，只能猛踩刹车，刺耳的刹车声惊天动地。这下大象受惊了，撒腿狂奔。

　　附近消防署出动了四辆消防车，根据中村警部通过无线对讲机通报的情况，埋伏在大象的必经之路，打算将大象一举擒获。

大象沿着电车道狂奔，跑出三百多米后转入一条小巷，那里正是消防署布下的"口袋"。前方是两辆堵截的红色消防车，背后还有两辆步步紧逼，左右两侧是高大的围墙，终于，大象陷入了铁桶般的包围圈。它似乎明白了眼前的处境，开始放慢脚步，转为小跑。就在众人松了一口气的时候，大象又突然加速，向前狂奔。前方的两辆消防车横在路上，把狭窄的小巷堵得水泄不通，大象跑出不远，又调头往回跑，可身后也有两辆消防车截住了去路。大象惊慌失措，在小巷里不住地来来回回，越来越焦躁。

就在这时，载着上野动物园著名驯象师的警车赶来了。马戏团的驯象师听到电台的新闻后也急忙赶来，满脸的惊讶和慌张。在两名驯象师的安抚下，大象逐渐平静下来，吃了东西又喝了水，跟着两名驯象师沿着几乎没有行人的小路回到了马戏团帐篷。万幸的是，自始至终没有伤到一个行人。

大象已经返回，但三个罪犯还是行踪不明。明智断言高个子和侏儒还藏在马戏团帐篷里，头戴宝石王冠的女人则藏在神社树林里。可到底在哪里，众人都百思不得其解。

　　明智向助手小林下达了命令，小林根据命令，指挥二十名少年侦探搜索三个下落不明的罪犯。

　　小林仍将二十名少年侦探分成两组，第一组埋伏在神社树林里，等女人露面。第二组仍一分为二，一部分监视帐篷前铁笼子里的熊，小林和园井则率领剩下的人朝后台帐篷走去。小林走在前面，掀起帐篷下摆钻进通往后台帐篷的通道。通道两侧摆着各种道具，其中有五个巨大的红白相间的"踩球"。

　　"看，那个大球比其他四个要大很多。"一名少年侦探指着其中一个直径足有八十厘米的踩球说，"大踩球可能不是给女演员用的，一定是男演员用的，没准是那个高个小丑的道具。"

　　忽然，小林示意大家别吱声。他独自走到大踩球前，伸出双手推了一下。这一推之下，大踩球径直向前滚去，通道十分平整，根本就没有什么坡度，这么重的大踩球不可能只凭小林一推就滚出那么远，而且还越滚越快，仿佛被注入了生命。少年侦探们看得目瞪口呆。

这一切似乎都在小林的预料之中，他非但没有逃，反而跟着踩球追赶起来。

"快跟我一起追，别让大踩球跑了！"

团长一声令下，大家这才反应过来，跟在小林身后追赶大踩球。

大踩球就像长了眼睛，一路上左拐右转躲避着障碍物，一路滚到了舞台上。然后在舞台上忽左忽右，忽前忽后，仿佛有看不见的演员站在上面表演似的。少年们兴奋起来，一边惊呼一边穷追不舍。大踩球企图突围，可少年们围追堵截，终于齐心协力让它再也动弹不了了。

突然，大踩球表面出现了裂缝，紧接着，一个可疑的家伙从里面蹦了出来。只见这家伙硕大的脑袋上顶着一顶红白相间的瓜皮帽，上身是白色夹克衫，下身是白色条纹裤，明明是成年人的脸，身体却瘦小得像个小孩。

原来是侏儒!

这家伙就是偷盗彩虹宝石王冠的侏儒。大踩球是空心的,侏儒就藏在里边。

小林取出哨子吹了起来。

明智、中村警部和数名警官飞也似的赶来,就这样,犯罪嫌疑人侏儒被警方逮捕了。

"了不起,了不起!真不愧是少年侦探团!谢谢你们抓住了侏儒。"中村警部微笑着表扬全体少年侦探。

"犯罪嫌疑人已经抓住一个,还剩下两个。小林,带领大家加油干!"明智拍了拍小林的肩膀,鼓励少年侦探团继续搜索,扩大战果。

正在这时,一名警官赶来向中村警部报告:"我们在摩托车杂技表演的道具里发现一头熊,好像是弄断铁链从铁笼子里逃出来的。"

"好!"明智大叫一声,朝那里飞奔而去,小林和少年侦探们紧随其后。中村警部和数名警官则押着侏儒,留在原地待命。

大帐篷外还有一个用作杂物间的小帐篷，里面堆放着用于摩托车杂技表演的大圆桶。大圆桶直径五米，深十米，表演的时候演员要骑着摩托车在里面打转。此刻，明智、小林与少年侦探们就站在这个大圆桶前查看里面的情况。

　　桶里有一头熊，正不安地转圈，后腿上还拖着一截铁链，大概是挣断了铁链逃到这里来的。

　　"这家伙恐怕是撞开笼门逃到这里的。"小林看着明智先生说。

　　"好像是那样的。不过，也许笼子里还有一头熊。走，去看看。"明智的这番话让大家都摸不着头脑。

　　小林率先朝大帐篷前的铁笼跑去。

　　铁笼周围有三个少年侦探，铁笼里果然还有一头熊。

　　"哦，小林来了。"一名少年侦探招呼道。

　　"你们一直在这里，没有走开过？"

　　"嗯，我们一直在这里。"

　　"这头熊有没有出来过？"

"它一直在铁笼里。"

"真奇怪，怎么会变成两头熊？"

"什么？两头熊？"

"我们刚在小帐篷里用于摩托车杂技表演的大圆桶里发现一头熊，脚上还拖着半截铁链。它是挣断铁链从铁笼里逃出来的。"

"这头熊脚上怎么没有铁链？倒是铁笼角落里有半截铁链，这是怎么回事？"一名少年侦探指着熊说。

"你们看，这熊大得出奇。我们前些天看到的表演杂技的熊只有这熊的一半大小。"另一名少年侦探也看出了蹊跷。

"是啊，是没有这么大。这头熊比刚才我们发现的熊要大一倍。"小林也说。

"我总觉得这头熊的样子很奇怪。你们看，后腿怎么这么长？"又有一名少年侦探发表自己的见解。大家听他这么一说，都纷纷附和。

小林直愣愣地看着铁笼里的熊，突然茅塞顿开："是这样的，肯定是这样的！快去请先生和警官来调查这头熊。"

突然，铁笼里的熊人立起来，张牙舞爪，眼看就要朝少年们扑来。大家被吓了一跳，纷纷后退。只见那熊伸出前爪，在铁笼上来回摸索，接着大吼一声，原以为它要用身体撞门，没想到门竟然自己开了。

少年们大吃一惊，大叫着拔腿就跑。

熊从敞开的铁门蹿出来，朝神社树林狂奔。

先是大象出逃，现在又是熊出逃。

小林取出哨子吹了起来，好几名警官听到哨声立即朝这边跑来。看到狂奔的熊，警官们急忙拔出手枪。

"请等一等！"小林喊住其中一名警官，轻声耳语，"……因此，请千万别开枪打死它，要活的，还有……"

"这……不会弄错吧？"警官听了觉得不可思议。

"不会弄错，我是传达明智先生的命令。"

"好，就听你的。"说完，警官们把枪放回枪套，追了上去。小林和少年侦探们也紧随其后。

那头熊径直钻进了树林，警官和少年侦探们赶到时已经不知去向。于是，大家分头展开搜索。

"怎么一转眼工夫熊就不见了？"一名警官自言自语。

这时候，小林手指上方大声喊道："快看，熊躲在树枝上呢！"

果然，树枝上坐着一头熊，正虎视眈眈地看着大家。

"喂，快下来！不然我就开枪啦！"警官就像在命令罪犯。

奇怪的是那头熊仿佛听懂了警官的话，也清楚子弹的威力，在树枝上手忙脚乱起来。

突然，它跳到地上，朝神社正门跑去。

少年侦探们一阵惊呼，可警官和小林临危不乱，反而勇敢地追了上去。

熊在树林里拼命逃窜，两名警官从侧面包抄，气喘吁吁的熊慌不择路，丝毫没有察觉前边有埋伏。两名警官大喝一声，猛扑上去。熊吃了一惊，转身就逃。但背后也是警官，还有少年侦探们。熊身陷重围，走投无路。

三名警官围了上去，一场激烈的肉搏战开始了。熊虽身材高大，但力量出乎意料的小，三名警官齐心协力，很快就将其制服了。

"可恶！看你还往哪里跑，现在我就扒去你的伪装。"警官伸出手在熊的脖子上翻找，突然，他两手抓住熊脑袋往后一拽一拧，于是，诡异的一幕出现了。熊脑袋朝后耷拉着，从肩膀到背部的熊皮滑了下来，一个人出现在大家眼前。

"这家伙就是马戏团的高个小丑。"不知是谁大喊一声。

这家伙确实是高个小丑，眉毛又粗又黑，犹如大眼睛的西乡铜像。这家伙居然套上事先准备的熊皮钻进铁笼，企图蒙混过关。

少年侦探们兴高采烈，欢呼起来。刚才抓获了躲在大踩球里的侏儒，现在又活捉了化装成熊的高个小丑，真是捷报频频。只剩头戴彩虹宝石王冠的女人了。

收　网

　　头戴彩虹宝石王冠的女人逃进神社树林的时候，两个出口都有少年侦探把守。按理说，她是不可能逃走的。也就是说，女人肯定还藏在树林里的某个地方。

　　小林命令把守出口的十个团员继续留在原来的位置上，自己则带着九个团员朝树林里跑去。

　　"现在，我们去找那个女人。大家都拿出手电。"小林命令大家。

　　侦探七道具是少年侦探团的侦查工具，有钢笔形手电、钢笔形望远镜、放大镜、指南针、万能小刀、细绳梯、小笔记本，都是可以随身携带的。

少年侦探们拿出钢笔形手电进入树林搜索，零星的几个小光点就像围成一团的萤火虫。

"团长，只凭手电在这漆黑一片树林里搜索是很困难的。我建议暂停搜索，明天天亮再继续。"一名少年侦探建议道。

这一建议似乎非常合乎实际情况，但小林却说："我们要在夜间搜索自然有特别的理由，我也是从明智先生那里得知的，这理由我现在还不能说，但搜索时大家一定要按我的命令行事。"

接着，小林吩咐大家："请大家关上手电，跟在我身后，不管发生什么都别掉队，更不准打开手电。大家分散隐蔽在大树后，不要盲目行动，即便发生什么奇怪的情况也不要轻举妄动。明白了吗？出发！"

神社后门有五名少年侦探和三位警官站岗。

"如果找到那女人，我会吹哨子的，听到哨声请一定要火速赶来增援。"说完，小林就带队朝树林里走去。

不一会儿，大家来到神宫附近。神宫门前的石阶两侧是两尊石狮子。走在前面的小林转过脸，轻轻对大家说："大家分散隐蔽，监视目标是那对石狮子。有可能要监视很长时间，可一定会有收获的。你们可能会大吃一惊，但无论发生什么，没有我的命令，不要暴露。"

小林说完挥了挥手，大家各自寻找隐蔽处，借着漆黑的夜幕隐去了身形，在黑暗中紧盯着这对石狮子。

时间一分一秒地过去，什么也没发生，夜色越发深沉，只有微风拂过枝叶的声音和偶尔的虫鸣。月光洒在石狮子身上，朦朦胧胧的，看着看着，这对石狮子似乎化身成了一对黑色妖怪。少年们各自分散隐蔽，之间保持了一定距离，在这漆黑的暗夜中不由得心生惧意，后背一阵阵发凉，仿佛黑暗中随时会有怪物从背后扑来。大家一个个度日如年，一心只盼望东方的天边快快亮起来，可事实上，从开始分散监视到现在只过去了短短的一个小时。

突然，一尊石狮子动了起来，起初动作十分轻微，不仔细看根本发现不了，可很快，动作幅度越来越大，似乎马上就要跃下石台，择人而噬。少年侦探们魂飞魄散，真想拔腿就逃。可一想到小林"不管发生什么，都不要暴露"的命令，又忍住了。

不一会儿，石狮子真的"活"了，迈步走下了台阶。少年侦探们赶紧躲回隐蔽处，生怕被怪物发现。

只见那石狮子就地打了一个滚，接着，一个人从里面爬了出来——这石狮子竟是空心的，而且里面藏了一个人。这石狮子恐怕根本就不是石头的，而是其他什么特殊材料制成的。

眼下可没有时间考虑那么多，从里面钻出来的正是那个女人，手里还拿着什么东西，即便在微弱的月光下也光彩熠熠。

突然，刺耳的哨声划破了暗夜的寂静。

"快抓住她！她就是马戏团的女演员，她手上拿的就是彩虹宝石王冠。"小林一声令下，少年们争先恐后，纷纷从隐蔽处冲了出来。女人抱紧彩虹宝石王冠朝正门方向逃窜。把守正门的少年侦探和警官见状，立即拉开架势准备拦截。女人见情况不妙，又想向其他方向逃窜，但背后和两侧都是手持手电的少年侦探。把守其他地方的少年侦探和警官听到哨声也立即朝这里赶来。

女人只好束手就擒。

经过审讯，她果然是马戏团的女演员，手上拿的正是彩虹宝石王冠。石狮子是按照石膏像的制作方法制成的，外壳是石膏，中间是空心的。外表跟石狮子一模一样，即便大白天也难辨真伪。灰色巨人事先将真的石狮子替换掉，并告诉她可以在关键时刻藏在这里。

其实，明智在白天就已经怀疑这石狮子了，但为了培养少年侦探团的能力和勇气，增强他们的信心，他决定把这个任务交给他们。

女人见大势已去，痛哭流涕。据她交代，她一点也不清楚王冠的来历，只是被人威逼利诱，才被迫扮演了手持宝石王冠逃跑的角色。

这时候，明智和中村警部也赶来了。中村警部见宝石王冠已经找到，十分高兴，他拍着小林的肩膀说："真了不起！小林，多亏你们少年侦探团的大力帮助，才将这三名罪犯抓获，彩虹宝石王冠也追回来了。我要为你和少年侦探团请功。"

接着，他又转向明智："明智君，果然是名师出高徒啊，哈哈哈……灰色巨人团伙终于全军覆没了。"

明智似乎没有听到中村警部的赞扬，依然一筹莫展："现在说全军覆没恐怕还为时尚早，真正的灰色巨人此时还逍遥法外。"

"什么？那个高个小丑难道不是灰色巨人？"

"这就是灰色巨人设下的圈套。他妄图混淆视听，转移我们的视线。大家都认定高个男人就是灰色巨人，这正中了他的下怀。真正的灰色巨人一直躲在暗处指挥这些家伙，他们只是被利用了而已。"

明智的这番言论让中村警部和警官们目瞪口呆，本以为犯罪团伙被一网打尽了，事实却远非如此。那么真正的灰色巨人在哪里呢？

少年失踪

　　警方决定由明智和小林到园井家归还彩虹宝石王冠。

　　"园井，你爸爸一定会很高兴的。你怎么不吭声啊？喂，园井，你在哪里？怎么不说话？"一名少年侦探说得兴高采烈，但正一没有接他的话。此刻最高兴的应该是他啊，可是……

　　"园井……"

　　"园井……"

　　大家大声呼唤，就是不见园井回答。

　　"园井，你在哪里？大家快打开手电分头寻

找。"小林一声令下，少年侦探们马上拿出手电四处寻找。警官们也打开大手电，在树林里寻找。可找了很长时间，就是没有见着园井。

如果真正的灰色巨人像明智说的那样还躲在暗处，园井就危险了。他很可能趁大家麻痹大意的时候悄悄绑架了园井。如果真是这样，那就不是偷盗而是绑架了。虽说找回了彩虹宝石王冠，可比宝物更重要的园井却失踪了，这要怎么跟园井先生交代呢？

中村警部请求当地警署又增派了十多名警官，还调来了探照灯，对神社树林一带展开地毯式搜索，结果还是一无所获，园井真的失踪了。

明智和中村警部只好一起拜访了园井家，返还彩虹宝石王冠后通报了园井正一失踪的消息。

"实在对不起！整个侦查过程中，我们和正一一直在一起，没想到最后时刻把正一弄丢了，实在是没脸见您。正一的失踪，我负全部责任。请您放心，我一定抓住罪犯，救出正一。"大侦探明智小五郎无地自容，只能一个劲儿地道歉。

第二天下午，园井先生接到邮递员送来的一封信：

彩虹宝石王冠已经回到您手中，可您的爱子园井正一不得不代替它在我这里稍住一段时间。请放心，他不会受什么委屈。

十一日晚上八点，会有一辆轿车停在贵府大门以东一百米左右的路边，只要您走近，司机就会打开车门，您只要上车，他就会载您到某处，用彩虹宝石王冠换回正一。

如果通知明智小五郎或警方，您将永远失去园井正一。

灰色巨人

园井先生当即决定用彩虹宝石王冠换回自己的爱子。信上说得很清楚，不准通知明智或警方，可园井先生考虑再三，还是决定向明智通报。为避免被暗中监视的灰色巨人或其手下察觉，园井先生决定打电话。在电话里，他将灰色巨人的信如实念给了明智听。

明智考虑片刻后对园井先生说："请按照对方说的做，带上彩虹宝石王冠到指定地点。对方只是觊觎宝物，只要您愿意双手奉上，正——定可以回到您身边，你们都不会有什么危险。"

"可那样的话，彩虹宝石王冠……"园井先生还是颇为不舍。

"当然不会让他如愿，他也只不过临时保管一下。要不了多久，彩虹宝石王冠就会再回到您手里的。到十一日还有三天时间，我会制定出周密的计划，您就放心吧。"

明智信心满满的一席话让园井先生稍微放心了些："那，一切就拜托了！"

园井先生与明智的电话交谈就这样结束了。

第二天早晨，一个衣衫褴褛的捡破烂的家伙肩扛竹篓，步履蹒跚地从园井家后门闯进了厨房。厨房女佣板着脸训斥："快出去！怎么能这样随随便便地私闯民宅！出去！"

那家伙非但没有离开，反而歪着胡子拉碴的脏脸笑嘻嘻地看着女佣，然后又凑到女佣的耳边轻声说了几句。

"哦，那，你……"女佣听清了他的话，结结巴巴说不出话来。

那家伙则以眼神示意她快去报信。

女佣赶忙跑出厨房。不一会儿，她又回来了，之前的慌张一扫而空，代之以满脸的笑容，彬彬有礼地朝捡破烂的家伙鞠躬行礼："请，快请进！"

那家伙踢掉脚上趿拉着的破皮鞋，跟在女佣身后朝会客室走去。一到会客室，就把竹篓往地上一放，躺在安乐椅上闭目养神。

不一会儿，园井先生走进了会客室。

"您是……明智先生？真是明智先生？"园井先生不敢相信自己的眼睛，再三确认。

"怎么样，我的化装技术不错吧？这就让您亲自确认一下。"只见他食指和拇指捏住下巴上的什么地方向上轻轻一掀，整张假面具就被卸了下来，"我确实就是明智小五郎，这回您相信了吧。"

园井先生看得目瞪口呆。

明智又戴上假面具，恢复了刚才的模样，然后从竹篓里的破烂中取出两个黑色帽箱并排放在桌上。他打开两个箱盖让园井先生过目，左边的箱子里放有一顶金色的宝石王冠，右边的箱子里什么也没有。

　　"这是马戏团女演员平日里表演时戴的，是我从她们那里借来的。我想将它作为彩虹宝石王冠的替代品，可这样送去是肯定过不了关的。必须再加工，达到足以以假乱真的程度。还有两天时间，可以请工艺品制作工厂的师傅再加工。当然，再高明的师傅也必须有范本才能仿制，可如果要把真的彩虹宝石王冠送去实在太危险了。所以我才特地化装成收破烂的，来您家里给彩虹宝石王冠拍照，然后让师傅照着照片仿制加工。"

　　明智说完，园井先生倒犹豫起来："那家伙不会这么容易上当吧？万一有什么差池，那正一……"

　　"您要交给灰色巨人的不是仿制的假王冠，而是真的，而且您还要亲自交到他手里。那个仿制的假王冠要等到您换回正一后才会发挥它的作用。当

082

然，两个帽箱必须一模一样，否则容易引起灰色巨人的怀疑。请您在交易的时候务必以这个箱子代替原来的银帽箱，这是我特制的道具，以后自有妙用。万一被他识破，我也有应对之法。总之，这次可谓万无一失，无论如何我都有办法让彩红宝石王冠完好无损地回到您手中。"明智充满了自信。

园井先生还是担心不已："您说万无一失，可具体的计划是否能详细说给我听听。"

"现在还不能说。我们会准备好细线，很长很长的细线，用它拴住汽车，无论驶出多远都不会断。"

明智的这番话简直像是谜语。细线当然不可能拴住汽车，再说只要汽车行驶几公里，就得要很大一团细线，这么大的目标很容易被对方发现。园井先生绞尽脑汁还是百思不得其解，明智又一再坚持暂时不能公开这一秘密，他只好全权委托大侦探明智小五郎。

园井先生从保险柜里取出彩虹宝石王冠放在桌上，明智从竹篓里取出相机，从不同的角度拍了许多照片。足足二十分钟后，明智才满意地收起了相机。

"十一日那天，您就按照灰色巨人信上说的去做。那以后的事情有我，请别担心。"明智说完，留下一个空帽箱让园井先生放真王冠，假王冠则装回另一个帽箱，连同相机一起放回竹篓，安置好这些，他又恢复了刚才捡破烂的家伙的身姿神态，佝偻着身子蹒跚着离开了园井家。

黑色线索

　　十一日晚上快八点的时候，园井家大门以东一百米左右的路边停着一辆轿车，除司机外，后排座位上还有一个男人。距离轿车三十米外的电线杆后站着一个男人，正不住地四下张望，多半是灰色巨人的手下。冷冷清清的街道两侧是高高的围墙，没有行人，也没有其他汽车。

　　就在这时，一个男人沿着昏暗的街道跌跌撞撞地走了过来。电线杆后的家伙瞪大眼睛看着，难道是园井先生？随着那人越走越近，冲天的酒气混杂着呕吐物特有的臭味扑鼻而来，这不可能是园井先生，只是个酩酊大醉的酒鬼。

路过电线杆的时候，那酒鬼似乎被什么东西绊了一下，仰面就要向电线杆后面倒去。躲在电线杆后的男人想要躲开已经来不及了。醉鬼双手猛地抓住男人的衣襟，才总算没有摔倒在地。男人满脸厌恶，用力推开醉鬼。醉鬼踉踉跄跄，又险些摔倒，他好不容易站直身体，怒气冲冲地瞪了男人一眼："喂，你这混蛋，到底与我有什么仇恨？出手竟然这么狠！好吧，我也要让你尝尝我的厉害！要说打架，你可不是我的对手。喂，快从电线杆后滚出来！"

男人本想无视这醉鬼，可对方胡搅蛮缠，死活要与他争个高低。男人终于被激怒了，摆开了架式。于是，夜幕下，两个人扭打作一团。

正当两人打得难解难分的时候，街道上又走来一个人。那人走到停在路边的轿车前，一猫腰钻进车底，很快又钻了出来，快步沿着来路返回。那人个头不高，好像是个孩子，但这一连串动作干净利落。直到那人消失在街角，电线杆后望风的男子还在跟醉汉打得昏天黑地，轿车里的两个人则只顾看着疲于应付的同伙，犹豫要不要过去帮忙，谁也没有注意到那人在车底下钻进钻出。

见那人拐过了街角，醉汉猛地推开对方，站起身飞快地逃走了。望风的男人目瞪口呆，完全搞不清是怎么回事。

八点一到，园井先生把装有彩红宝石王冠的黑漆帽箱夹在腋下，出门往东走去。见园井先生走来，车灯一亮一灭，如此反复三次后，车灯熄灭了。园井先生确认了目标，紧走几步来到车前。车门开了，伸出一只手把园井先生拽进了车里，车门随即关上，轿车在夜色中疾驰而去。

"抱歉，园井先生，需要蒙上您的眼睛。"说话的男人好像是灰色巨人的手下。话音刚落，一块黑布蒙住了园井先生的眼睛。

五分钟后，园井家门前的街上又驶来一辆轿车，就停在刚才轿车所停位置的不远处。开车的是明智，后排座位上是小林和一只警犬。

明智把车停稳后，观察了一下周围的动静才下了车，小林也牵着警犬下了车。

"今晚你可是主角，成败在此一举，好好干啊。"明智轻轻抚摸着警犬的脑袋。这只在东京警视厅小有名气的警犬是明智从警方那里借来的。

"小林，把那个拿来。"明智吩咐道。

小林将一个黑乎乎的东西凑到警犬的鼻子前，让它确认气味。那东西的气味刺鼻，好像是沥青。警犬嗅了片刻，抬起脸看着小林，似乎在说"我明白了"。小林把那东西收好，又牵着警犬让它嗅周围的地面。嗅了一会儿，警犬似乎嗅到了与刚才那东西同样的味儿，大叫着就想往前冲，拴在脖子上的皮带被绷得笔直，小林被拽得一个踉跄，险些摔倒。

"好吧，把皮带拴在车前的保险杠上。"小林按照明智的指示把皮带拴在了车前的保险杠上。两人上了车，还是明智开车，小林坐在副驾驶席上，膝盖上还放着一个四四方方的黑色包袱。

警犬一路不停地嗅着地面，异常兴奋，不时回过头来叫几声。明智控制着车速，缓缓跟在后面。

这是明智发明的"黑色线索",即在大马口铁缸子里盛满沥青,再用尖锥在罐底钻一个小孔,绑在汽车底盘上。随着汽车行驶,地面就会留下一条细细的沥青线。根据试验,一罐子沥青足以流淌四五十分钟。警犬嗅觉敏锐,一旦闻到沥青的气味就会紧追不舍,绝不会放走目标。

那只装满沥青的大马口铁罐正是小林绑在汽车底盘上的,为引开望风男人的注意力,明智才会化装成醉汉与他缠斗。

贼　巢

　　园井先生乘坐的汽车在平坦的道路上行驶了大约五十分钟后终于停了下来，似乎已经驶离园井家很远。

　　"我们到了，园井先生，下车吧。"

　　园井先生眼睛上蒙着黑布，只能任凭对方引导着跌跌撞撞地前行。这似乎是一条崎岖的羊肠小道，蜿蜒向上。路边应该长满了各种植物，嫩叶特有的清香味儿扑鼻而来，园井先生不时碰上树枝，脚下也时常被荆棘绊住。以刚才的车程计算，这里大概已经是东京郊外，这一带虽然没有大山，但小山丘连绵起伏，园井先生猜想，他们现在也许就在其中的一个小山丘上。

被蒙住眼睛的园井先生走得跟跟跄跄，实在是受罪，但灰色巨人的手下一点也不同情，一路上不时拉拽推搡，园井先生好几次差点摔倒，但他一直死死抱着装有彩虹宝石王冠的黑漆帽箱。就这样走了大约十分钟的山路，他突然被拽到一个狭窄的洞穴里。

"从现在开始要往下走了，台阶狭窄陡峭，你自己小心点。"灰色巨人的手下一边提醒园井先生，一边扶着他慢慢往下走。

往下走了三米左右，一行人进入了一条隧道。这隧道很低，只能爬着往前走。

园井先生心下骇然。这洞穴究竟通向哪里？这样下去，带正一一起回家的机会越来越渺茫了。

"我儿子在这里吗？"园井先生终于鼓起勇气问道。

"不在这里。我们一会儿还要往上走，很快就能回到地面。你儿子就在那里，十分安全。"

说话间，脚下的隧道开始向上延伸，爬了三米左右，他们来到一个比较宽阔的地方。又走了二十几步，他被人推坐在一把椅子上。终于，眼睛上蒙着的黑布被解了下来。

出现在他眼前的是一张奢华的大桌子，桌上有一座精致的烛台，五枝红蜡烛正燃着金黄色的火苗。园井先生忍不住揉了揉眼睛，待适应眼前的光线后，他不由得惊愕不已。桌子对面竟是一个老人，两道白眉又粗又浓，胸前垂着浓密的白胡子，看起来大概有七十多岁，身披红光闪闪的外套，端坐在僧侣坐的豪华椅上，红外套的衣领上镶有金色丝线和许多宝石，就像高僧大德的华丽袈裟。

园井先生看着眼前奇异的景象，脑子里一片空白。一路上被蒙着眼睛来到这里，就像来到了另一个世界，自己正坐在童话里的国王面前。

园井先生强自稳定了一下心神，再次打量起四周的环境。这房间十分宽敞，足有一百六十多平方米，是很少见的椭圆形，周围是混凝土墙，墙上凹凸不平，犹如现代派时隐时现的浮雕。墙上没有窗，天花板好像是木制的，上面似乎还有二楼，楼梯是沿弧形混凝土墙向上盘旋的铁梯。房间四周是一排排玻璃展柜，就像珠宝店的沿街橱窗，展柜里摆满了各式各样的内衬各色丝绒的首饰盒，首饰盒里则是各式奇珍异宝，项链、戒指、手链、耳环……应有尽有，首饰上镶嵌的各种宝石在烛光的映照下反射着璀璨夺目的诱人光彩。

这里简直是魔鬼的宫殿！

"盒子里装的是彩虹宝石王冠吗？拿出来看看吧。"老人声音嘶哑。

园井先生心想，不能就这样白白交出王冠，必须先看到儿子再说，他的态度非常坚决："当然可以，但是在这之前，我必须见到我儿子，希望你信守诺言。"

"好吧，来人，把正一带到这里来。"

马上有一名手下沿着铁梯去了二楼。园井先生紧盯着那个手下的背影，原来正一被关在楼上。

不一会儿，一名少年出现在铁梯上。是正一！

园正先生不由得站起身来，热泪盈眶。正一看到爸爸，几步跑下铁梯，就要扑进爸爸怀里，却冷不防被一双大手从背后拦腰抱住。

"现在可以给我看一下王冠了吧。确认没有问题后，你就可以带着正一回家了。"

园井先生此时已经顾不得那么多了，打开包袱取出了黑漆帽箱，打开箱盖后推到了老人面前。老人小心翼翼地捧起帽箱，审视良久，连连点头，赞不绝口："啊，太棒了！看，这光芒果真与彩虹一样。园井先生，谢谢你送来彩虹宝石王冠，它将作为我珠宝博物馆里最珍贵的藏品。请放心，我会妥善保存的。好了，把正一还给他。"

父子俩被蒙上黑布，沿着之前园井先生来的原路返回。他们钻过隧道来到洞外，又沿着羊肠小道走下山丘，最后坐上等在路边的汽车驶向东京，在神宫外苑的树林里被推下车后，轿车扬长而去，消失在夜色里。

园井先生和正一解下黑布，走出神宫外苑树林，拦了一辆出租车回到家里。

园井先生始终搞不明白刚才那奇怪的建筑到底在哪里，只知道那个山丘距离东京仅一小时车程，却无法确定具体方位。

线索消失

明智和小林在警犬的带领下，沿着黑色线索一路追踪而去。

他们离开品川后，沿京滨国道一路行驶，经过横滨后又向前行驶了二十分钟左右，警犬慢了下来。

"一定是没有沥青味了。大马口铁罐里的沥青只能滴五十分钟左右，而我们已经行驶了一个多小时。对方的车速比我们快得多，五十分钟左右大概就到这里。也就是说，我们寻味追踪的黑色线索在这里中断了。"小林略一思考就明白了个中缘由。

"嗯，你分析得很有道理。不过最好让警犬再仔细搜索一下，即便沥青线断了，但断断续续掉落的沥青点也许还能找到。"明智说完，继续缓缓向前行驶，把全部希望寄托在警犬身上。

果然像明智说的那样，路上还有断断续续的沥青点，但越来越小，间隔也越来越大。警犬的搜索越来越吃力。又勉强前进了三百米左右，沥青小点也没了，警犬干脆趴在地上，不再往前走了。

"早知这样，换上再大一点的马口铁罐就好了。"明智满是遗憾，但并不甘心就此结束，"走，我们下车，牵着警犬在这一带搜索。"

小林牵着警犬，明智拿着装有假王冠的包袱，两人都下了车。这里是一处山丘上的岔路口，左边是旱地，右边是黑压压的树林。两人一狗走进树林，仔细地四处搜寻，突然，警犬好像嗅到了什么，猛地朝树林深处奔跑起来，皮带被绷得笔直。树林里杂草丛生，根本就没有路，警犬却越跑越快，几乎是拽着小林一路向前。明智紧随其后，一边跑还不忘观察四周环境。

警犬带着两人在杂草和矮树丛间穿行，一路沿着山丘向上。片刻之后，它似乎又失去了线索，趴在地上大口地喘着粗气，再也不愿意挪动脚步了。

　　明智又继续在周围寻找线索，但这里到处是参天大树，视线所及根本没有人烟，像这样的地方不可能有罪犯的贼巢。两人面面相觑，只好原路返回。

　　回到东京后，两人先将警犬还给警方，又一起拜访了园井家。虽说此时已近午夜，但正一能否平安回家是他们最牵挂的。

　　园井家的会客室里，两人见到了园井先生和正一。

　　"谢谢，谢谢，多亏你们的帮助，正一平安地回到了家中。听正一说，没有受到什么虐待。看，还是像以前那样挺有精神的。"园井先生高兴地说。

　　"太好了。我还想了解一下灰色巨人贼巢的情况。请问，那到底是一栋什么样的建筑？"

　　被明智这么一问，园井先生为难起来："很抱歉，一路上我一直被蒙着眼睛，什么也看不到。唯一能确定的是，那建筑的形状十分古怪，房间是椭圆形的，进出还要穿过一条狭小的隧道。"

园井先生又详细叙述了一路上感觉到的情况和在地下室里见到的那个老人。他强调说，那老人好像是盗贼团伙的首领。另外，椭圆形房间的墙壁凹凸不平。

明智认真听完园井先生的叙述后，沉默了片刻。突然，他似乎想到了什么，伸出右手，五指微曲，一个劲儿地梳理着头发——这是他思考问题时的习惯动作。

"园井先生，我的黑色线索在中途断了。您坐的那辆车一共行驶了多长时间？"

"准确的时间说不上来，但最多不会超过一个小时，大概五十分钟吧。"

"果然不出所料，黑色线索中断的地方大概也是五十分钟车程。那一带也是山丘树林，而且距离横滨只有二十分钟车程，疑点很大。我估计，灰色巨人的贼巢很可能就在那里。"

"可那种地方怎么会有这么奇怪的混凝土建筑？"园井先生觉得不可思议。

"疑点就在这里。灰色巨人总是突发奇想，别出心裁。他那栋大型建筑的秘密我大致已经清楚了。这家伙既像幻想家又像个奇特的魔术师。园井先生，请放心，我一定会完好无损地取回彩虹宝石王冠。我已经基本清楚了贼巢的位置，接下来，我就要以其人之道还治其人之身。我还要将罪犯的真相公之于众。"明智胸有成竹。

　　第二天清晨，一个身穿夹克衫和茶色长裤，头戴鸭舌帽，鼻梁上还架着一副黑色细边眼镜的男人在那片山丘树林里转来转去。他似乎是个小商贩，肩上还挎着一个四四方方的包袱。包袱里大概是个小箱子之类的东西。那人在荆棘丛生的灌木丛中深一脚浅一脚地朝山丘顶上走去。走了大概两百米，他停住脚步，透过树木间隙看了一眼前方，脸上堆满了笑容。

灰色巨人

园井先生用彩虹宝石王冠换回儿子的第二天，家里来了一位陌生的客人，那人身穿夹克衫和茶色长裤，头戴鸭舌帽，鼻梁上还架着一副黑色细边眼镜，肩上挎着一个四四方方的包袱。

女佣用怀疑的眼光打量来客，打算拒他于门外。可来者附在女佣耳边轻轻说了几句，女佣听完赶紧朝里屋跑去，随后园井先生亲自出来迎接，请男人到会客室入座。

"明智先生，您的化装简直妙不可言，不管怎么看，都找不出一点破绽。"园井先生对明智佩服得五体投地，正如他所言，这人就是大侦探明智小五郎。

"园井先生，我今天是专程来物归原主的。快打开看看吧，相信您一定会高兴的。"明智说完打开包袱，将黑漆帽箱推到园井先生面前。

园井先生打开箱盖，耀眼的光芒顿时从漆黑的帽箱中绽放开来。

"彩虹宝石王冠！"园井先生双手捧着黑漆帽箱，简直不敢相信自己的眼睛，"是的，这就是我昨天交给灰色巨人的彩虹宝石王冠。明智先生，您是怎么拿到的？"

"大约一个小时前，我潜入贼巢，用那个假王冠把真的替换了出来。一切进行得很顺利，至少短时间内灰色巨人是不会察觉的。"明智解释道。

"什么？您已经去过贼巢了？"

"是的，这回小林可立了大功。接下来，警视厅的中村警部将带着数名警官与我一起返回贼巢。"明智说完，把彩虹宝石王冠交给园井先生后道别，急匆匆地赶往朝警视厅。

两小时过后，距离横滨约五公里的山丘树林里出现了七个身穿工作服的筑路工人，他们是明智、中村警部和五个警官化装的，由明智担任向导朝贼巢方向逼近。

"明智君，这样的山上怎么会有盗贼团伙的贼巢？这周围连一座破屋都没有。"中村警部不解地问道。

"中村君，灰色巨人这个盗贼可是天下闻名的奇术师，他那些别出心裁的'创作'都是常人不能想象的。当然，一旦说穿了也就没什么大不了的了。他的那个大本营其实是虚构的，也就是说，无中生有。"明智笑着对中村警部说。

"您说是虚构的？那这个虚构的地点在哪里？"

"就在这里，就在您的眼前！"

"哪里？哪里？"中村警部四下打量，可什么也没发现。

"看，就是那个，前面树上不是露出一个脑袋吗？那就是高高耸立的灰色巨人。"

"什么？灰色巨人？"

"是的，灰色巨人实在太大了，大得无法一览全貌。就是那个巨大的观世音菩萨像。"

那是混凝土浇筑的观世音坐像，有十多米高，建造在山丘上，犹如参天大树矗立着。

"灰色巨人是观世音像？就算是这样，可它又不是房屋，里面怎么能住人呢？"

"当然可以住人，因为那座观世音像是中空的，盗贼还挖了一条地下通道。通过地下通道就可以自由出入。里面有非常豪华、宽敞的房间。"

把大本营设在观世音像里，这想法根本闻所未闻，中村警部和身后的警官们无不感叹不已。

就在这时，明智指着前方："中村君，看，那棵大树下的草丛正在晃动。"

大家顺着明智手指的方向看去，树下的草丛果然在微微晃动，好像有什么东西正从地下往上拱。

"快，大家隐蔽，严密监视那里的动静。"明智说着自己也隐蔽在一棵大树背后。大家也纷纷隐去身形。

渐渐的，草丛晃动的幅度越来越大。不一会

儿，直径约有半米的草皮被顶了起来，露出一个黑乎乎的洞口，从洞里钻出一个人的脑袋。那家伙探头探脑地一番东张西望之后，没有发现什么异常，这才双手撑着洞口边沿一长身钻出了洞外。他身穿毛线衣，鼻梁上架着一副黑边眼镜，大约二十五六岁。

"这家伙是灰色巨人的手下，快把他抓起来。"明智轻声说。

中村警部打了一个手势，两个警官借着矮树杂草的掩护悄悄接近洞口，待来到近前，突然举起手枪顶住那人的后背，压低嗓音喝道："不许动，不然就开枪了！"

那人大吃一惊，连忙乖乖地举起了双手。

"把他的腿也捆起来，别忘了塞上他的嘴，别让他出声。"中村警部命令道。

转眼之间，那人被五花大绑，嘴里也被塞得严严实实，别说出声，呼吸都有些困难了。他就这样被藏到了杂草丛后。

"还真是让我大开眼界，这洞口竟然是进出观世音像的出入口。"中村警部感慨道。

"是的，今天凌晨也有一个家伙从这洞口钻了出来，被我绑了起来。我穿上他的衣服，扮作灰色巨人的手下潜入了贼巢。趁没人注意的时候，用带去的假王冠顺利地换回了真的彩虹宝石王冠。被我抓住的那家伙已经送进当地警署了。

"从这个洞口进去后，左手边有一个通道，非常狭窄，只能爬行通过。地下通道先向下延伸，然后向上，一直通到观世音像底下。观世音像里有一个装饰豪华、十分宽敞的房间，灰色巨人就在那里。他看起来像个白胡子老头。一进入房间，立即把他及其手下一网打尽。房间里的歹徒，我估计大概有三到四人。我还有其他工作，这任务就交给你们了。好了，我们就在这里分手吧。"

"明智君，您去哪里？"中村警部吃惊地问道。

"当然是去工作。这工作与灰色巨人有关。那是……"明智先生附在中村警部的耳边低声耳语起来。

中村警部听完，脸上露出佩服的神色："竟然已经侦查到这个程度，果然不愧为大侦探，工作细致得简直无可挑剔。好吧，我们一定会将盗贼团伙一网打尽。至于那一边，就拜托了。"

两人握手告别，明智悄然离开，中村警部则带着五名警官进入了隧道。

垂死挣扎

在观世音像内部的房间里，一个须发皆白的老人正坐在高级的红木椅上喝着名牌洋酒，他身披红色袈裟，相貌威严，俨然高僧大德，他就盗贼是团伙的首领——灰色巨人。

老人端着酒杯的手突然停在半空，他似乎听到了什么异常的响声，好像来自房间的角落。老人转过脸看向角落，六个陌生的筑路工人出现在那里。

"你们是谁？"老人站起身大声喝问。

"我们是警视厅的，特地来接你的。"中村警部回答。话音未落，五个警官已经把老人围了起来。

"你们是警视厅派来抓我的？哈哈哈……请问，我究竟犯了什么罪？"老人非常镇静。

"我现在才明白灰色巨人的真正含意。之前还一直以为是某个人的绰号，原来是你们大本营的代号。这座混凝土观世音像确实是名副其实的灰色巨人。这里这么多价值连城的珠宝当然都是你偷来的，现在人赃俱获，你还有什么可说的？你已经无路可逃了，还是乖乖束手就擒吧。"

中村警部一个眼神，一名警官拿出手铐走上前去。

"等一等，我有话要说。上面房间里还有一个孩子，如果你们抓了我和我的手下，那孩子就会饿死。在放出那孩子之前，请你们等一等。"

"你在撒谎，孩子昨天已经被园井先生领回去了。"

"不，不是园井正一，还有另外一个孩子。那孩子被我藏在上面的秘密房间里，房门上了锁，一旦把我带到警视厅，那孩子就没救了。"

"你说的秘密房间在哪里？"

"在上面，那房间只有我能打开，这秘密也只有我一个人知道。你们跟我一块儿去不就行了，我反正也跑不了。这地方要逃也只有一条路，就是你们刚才经过的地下通道。"

"好吧，我和龟田警官跟他上去，其余四人去把他的手下全部抓起来。"

四名警官按照命令，分头到各处搜索。由于群龙无首，并没有遇到什么像样的抵抗。

中村警部和龟田警官跟着老人上了楼。由于这不是通常的建筑，而是在观世音像内部搭建的，只能通过靠着墙壁的铁梯上下通行。抬头看去，上面一片漆黑，几乎什么都看不到。

"喂，你说的秘密房间在哪里？"中村警部问道。

老人指着铁梯："站在这里看不清楚，铁梯上端有秘密房门，只有我才能打开。你们在这里等着，我上去把孩子带下来。"

老人说完，沿着铁梯继续向上。没想到他看起来老态龙钟，在铁梯上动作却格外迅捷。爬到一半的时候，只见他猛地脱去碍事红袈裟，随手扔向了地面。宽大的红袈裟犹如从天而降的山鹰，飘落在中村警部脚边。红袈裟下，老人一身黑色紧身衣裤，中村警部和龟田警官警觉了起来。

"那么高的地方怎么会有密室，而且他爬得那么快，怕是其中有诈。"龟田警官提醒道。

"看他那样子，肯定心怀鬼胎。上，我们也跟着上！"中村警部说着赶紧沿着铁梯往上爬了起来，动作十分敏捷。龟田警官紧随其后。两人爬到一半才隐约看到上面有一个黑乎乎的洞口。

老人继续往上爬，速度越来越快。

"站住！休想逃跑！快站住！不然就开枪啦！"中村警部掏出手枪瞄准了老人。

随着三人越爬越高，洞口越来越清晰地展现在警官们的眼前。圆圆的洞口，直径大约六十厘米，要不是跟着那老人爬到这里，根本就发现不了。

眼看老人就要爬到洞口，中村警部再次高声喊喝："站住！不然就开枪啦！"

可老人充耳不闻，反而又加快了速度进行最后的冲刺，洞口已经触手可及。

"站住！"一声清脆的枪声在观世音像内部回荡不已，中村警部终于鸣枪示警。

老人身形稍一停滞，随即双手扒着洞口用力一撑，整个身体蹿到了洞外。洞口在观世音像的肩膀，距离地面足有十几米高，一旦失足掉下去，肯定要命丧当场。

老人逃到洞外的时候，中村警部刚爬到一半。老人站在观世音像肩膀上，反身伸手到洞内开始拆卸固定铁梯的螺栓，不一会儿就拆掉了，显然是早有准备的。随后，他开始使劲儿摇晃铁梯。

"危险！警部，铁梯要倒了！"龟田警官大声喊道。

中村警部全身紧紧贴着铁梯，双手也死死抓住，但摇晃的幅度越来越大，转眼之间，铁梯"咣当"一声倒在地上，中村警部和龟田警官摔了个七荤八素。

洞口露出了老人的脸，他神经质地狂笑起来："哈哈哈……看你们这副狼狈相。什么还有一个孩子，你们竟然也信，哈哈哈……现在，你们能奈我何？就那么躺在地上干瞪眼吧。恕不奉陪。"

老人说完，只听"啪"的一声，洞口好像被什么东西盖住了，霎时漆黑一片。只能听到观世音像外传来一阵脚步声，好像是老人正在从观世音像的肩膀向头上攀爬。

观世音像上虽有一些歪歪斜斜的折皱可以用来攀爬，但头部几乎是垂直的，酷似悬崖峭壁，绝非常人可以轻易攀爬的，但老人却像训练有素的攀岩高手，动作十分娴熟，不一会儿就爬到了观世音像的头顶。只见他笔直地站在巨大的观世音像的头顶，高举双手，好像在打什么信号，两只眼睛则越过茂密的树林，紧盯着前面的大片空地。

难道那里也有他的手下？老人高举双手不停地比划着，无疑是在向他的手下发布命令。

果然，树林后的空地上传来一阵轻微的声响，那声音越来越大，紧接着，一架直升机腾空而起，快速向这边飞来。他竟然准备了直升机！

在中村警部和龟田警官追捕老人的同时，留在观世音像内部负责缉拿其他党羽的警官已经通知当地警署增援。眼下，观世音像周围甚至树林里，到处都是荷枪实弹的警官。警官们一个个抬头仰望着观世音像头顶的老人，呼喝声不断。

老人一阵狂笑，眼神中满是嘲讽。警官们个个摩拳擦掌，但除非搭起云梯，他们根本无能为力。即便现在通知消防署也已经迟了，大家只能干着急。

这时候，直升机已经悬停在观世音像上空，垂下了长长的绳梯。老人伸手抓了几次，却因为绳梯的摆动，怎么也抓不住，直升机只得继续下降，终于，老人牢牢抓住了绳梯，开始向上爬。绳梯就像秋千一样，在螺旋桨带起的狂风中左摇右摆，老人每向上爬一步都惊险万分，但他不但毫不畏惧，身形反而越发灵活，很快就爬到了绳梯顶端。飞行员抓住老人的手，将他拉进了驾驶舱。

直升机迅速爬升，加速朝东京方向飞去。

穷途末日

　　直升机驾驶舱里，老人与飞行员大笑不止："哈哈哈……警察都是些没用的家伙，哈哈哈……还有那个自称天下第一大侦探的明智小五郎，虽然解开了灰色巨人的秘密，可要抓我绝对没有那么容易。他肯定想不到我还有直升机。"

　　飞行员也大笑着说："从空中逃走可是老大最拿手的。之前是在百货公司屋顶乘坐广告气球，这一回换成了直升机，那所谓的大侦探恐怕想破脑袋也猜不到还有这一手吧……可是，老大，那么多的珠宝就这么没了，还是有些不甘心啊。"

飞行员叫长野，是老人最信任的手下之一。

"嗯，确实不甘心，但那么多珠宝实在来不及带走。不过这也不算什么，我很快就会卷土重来的。这次最令我高兴的是，终于耍了明智那家伙一回。之前好几次都因为他功亏一篑，这次终于算是报了一箭之仇。现在他恐怕正欲哭无泪，捶胸顿足呢。"

"可是老大，明智那家伙现在在哪里？刚才飞过树林的时候我还特别留意了，没有看到他啊。"

"是啊，我也总觉得有点蹊跷。出现在我房间里的只有中村警部和五个警官，一直没看到明智那家伙。"

"不确定这一点，心里总觉得不踏实啊。"

"嗯，我也有点担心。"

两人说话间，直升机绕开市区，沿山脉朝东京最西边的奥多摩方向飞去。

"老大，其实那些珠宝虽然价值连城，但根本不是您的兴趣所在。之所以将其作为目标，恐怕只是为了炫耀越来越高超的盗窃技术和手法，与明智小五郎一决高下吧？"

"确实如此，这些珠宝虽然也不错，但打败明智才是我的首要目的。"

"果然如此啊。可这一回，明智也没那么容易认输吧。您可能觉得自己已经顺利脱身，可恰恰是中了明智请君入瓮之计啊。"

"你说什么，长野，到底是什么意思？"

"我不是已经说了嘛，您现在已经是瓮中之鳖了。"

"哈哈哈……说什么傻话，我们现在飞在天上，明智凭什么抓住我？"

"我可不这么认为，哈哈哈……二十面相君，还是说你更喜欢别人称呼你四十面相君？别装蒜了，快摘下你头上的假发套和脸上的假胡子吧，我也让你看看我到底是谁。"

说着，长野除去了伪装，现出了真身。

"你，你，你是明智小五郎！"

最值得信任的手下居然是自己的天敌！老人瞠目结舌。

"长野君早已经落网了，此刻大概正五花大绑躺在树林里呢。怎么样？我的化装技术不赖吧？既然你自己不想动手，那就让我来撕下你的伪装吧。"

明智说着伸出左手，干净利索地撕下了老人的假发套和假胡须。那是一张年轻人的脸，但谁也不清楚这到底是不是他的真实长相，毕竟他的化装术太过出神入化。

被揭穿真面目的四十面相没有慌张，脸上反而堆满了笑容："不愧是大侦探，您的化装术实在令我佩服。可究竟谁胜谁负，现在还说不准呢。您现在可是直升机飞行员，一旦稍有疏忽就得跟我同归于尽，更别说腾出手来对付我了。而我却双手自由，想干什么都可以，比如……"

四十面相笑着从口袋里取出手枪，对准了明智。

"哈哈哈……难道你想跟我同归于尽？你不是最憎恨杀人流血吗？我料定你是不会开枪的。再说，就算你这次想要破例也没用，我建议你还是先查一下枪里面到底有没有子弹吧。"

听明智这么一说，四十面相赶紧检查，枪里确实没有子弹。

"哈哈哈……没骗你吧。今天早晨，我已经化装成你的手下到过你的房间，用假王冠调换了真的彩虹宝石王冠。刚才你兴高采烈地爬上直升机的时候，我趁机卸下你的枪取出了子弹，然后又趁你不注意放回了你的衣袋里。你不但毫无察觉，竟然还拿没有子弹的手枪吓唬我。哈哈哈……"

四十面相把空枪扔到一边，一言不发地呆呆望着窗外。

"现在，该轮到我要威风了。好了，把脸转过来！"明智取出手枪，对准四十面相。

这时候，两人座位的背后好像有什么东西在动，不一会儿，座位背后探出一张可爱的脸。四十面相压根儿没有察觉直升机上还有伏兵，定睛一看，正是明智的少年助手小林芳雄。

小林掀开盖在身上的布罩，猛地用事先准备好的网罩套住了四十面相，然后狠狠地收紧了网绳。事出突然，四十面相根本来不及反击。小林又取出绳索把他绑了个结结实实。现在，只需要尽快把他送到警视厅中村警部的手里。

直升机改变方向朝东京市中心飞去。

江户川乱步年谱

1894年 出生

本名平井太郎，10月21日出生于三重县名张市，为家中长子。父平井繁男，时任名贺郡官府书记员。母平井菊。

1897年 3岁

因父亲工作调动，举家搬迁至名古屋市。

1901年 7岁

4月，进入名古屋市白川寻常小学就读。

1903年 9岁

《大阪每日新闻》连载菊池幽芳的《秘密中的秘密》，母亲每晚都会念给他听，从此对侦探故事萌生了极大兴趣。

1905年　11岁

4月，进入市立第三高等小学。协助父亲采用胶版誊写版印刷和发行少年杂志。二年级时喜欢上了押川春浪的武侠冒险小说。

1907年　13岁

4月，升入爱知县立第五初级中学。读到黑岩泪香的《岩窟王》，印象特别深刻。

1908年　14岁

其父开设平井商店，主营进口机械的贸易销售，兼营外国保险代理和煤炭销售业务，并采购全套铅字，印刷和发行《中央少年》杂志。秋天，开始在学校附近租借宿舍，独立生活。

1910年　16岁

与要好同学坐船到中国的东北地区旅行。

1912年　18岁

3月，初中毕业。因喜欢出版事业，与同学到处奔走、筹备。6月，其父开设的平井商店破产倒闭。由于失去了学费来源，没有继续上高中。随父亲坐船到朝鲜马山，从事垦荒和测量工作。8月，只身赴东京勤工俭学，以优异成绩考入早稻田大学预备班，白天上学，晚上寄宿在东京都本乡汤岛天神町的云山印刷厂，逢休息日打工。12月，迁到春日町借宿，业余时间靠誊写挣钱。

1913年　19岁

春，与祖母在东京牛込喜久井町生活，重读黑岩泪香等著名作家写的侦探小说。曾计划印刷和发行《少年新闻报》。8月，预备班毕业，考入早稻田大学经济学专业学习。

1914年　20岁

春，与同学创办《白虹》杂志，利用业余时间阅读爱伦·坡、柯南·道尔等英国作家的短篇侦探小说。为了阅读侦探小说，辗转于各大图书馆，所做的笔记装订成册，称为《奇谈》。

1915年　21岁

其父回国供职于某保险公司，在牛込与全家一起生活。继续阅读外国侦探小说，并悉心研究"暗号通讯文书"的由来、规则和特点。

1916年　22岁

8月，毕业于早稻田大学经济学专业，入职大阪府贸易商加藤洋行。

1917年　23岁

5月，从加藤洋行辞职，在伊东温泉开始阅读谷崎润一郎的作品《金色之死》，执笔撰写电影评论文章。11月，入职三重县鸟羽造船厂电机部，参与内部杂志《日和》的编辑。

1918年　24岁

4月，其父再赴朝鲜工作。与鸟羽造船厂的同事组织"鸟羽故事会"，在各剧场、小学巡回。冬，在坂手村小学结识村上隆子。

1919年　25岁

辞职到东京。2月，与两个弟弟在东京本乡驹込町经营一家旧书店"三人书房"。7月，在书店二层编辑《东京PACK》杂志。11月，开设中华面馆。同年，与村上隆子成婚。

1920年　26岁

2月，入职东京市政府社会局。10月，关闭旧书店，入职大阪时事新报社，担任记者，经常与井上胜喜谈论侦探小说，开始撰写《二钱铜币》。

1921年　27岁

3月，长子平井隆太郎诞生。4月，在东京担任日本工人俱乐部书记。

1922年　28岁

8月，辞职后回到大阪府外守口町的父亲家，与父亲一起生活。9月，《二钱铜币》《一张收据》完稿，正式向某杂志社投稿，但未被采用。不久，改投《新青年》杂志，经审定采用。12月，入职大桥律师事务所。

1923年 29岁

4月，《二钱铜币》在《新青年》刊载，小酒井不木博士长文推荐。7月，《一张收据》在《新青年》刊载，辞去大桥律师事务所工作，入职大阪每日新闻社广告部。

1924年 30岁

4月，关东大地震，全家迁回大阪。7月，在《新青年》发表《二废人》。10月，在《新青年》发表《双生儿》。11月底，离开大阪每日新闻社，成为职业作家。

1925年 31岁

1月，在《新青年》增刊发表《D坂杀人事件》，名侦探明智小五郎首次登场。到名古屋拜访小酒井不木。之后，到东京拜访森下雨村，结识《新青年》派作家。2月，在《新青年》发表《心理测验》。3月，在《新青年》发表《黑手组》。4月，在《新青年》发表《红色房间》，与春日野绿、西田政治、横沟正史等作家发起创建"侦探兴趣协会"。5月，在《新青年》发表《幽灵》。7月，在《新青年》发表《白日梦》《戒指》。8月，在《新青年》增刊发表《天花板上的散步者》。9

月，在《新青年》发表《一人两角》，在《苦乐》发表《人间椅子》；其父逝世。10月，成立"新兴大众文艺作家协会"。

1926年　32岁

发表侦探小说《噩梦塔》（直译名《幽鬼之塔》）等多篇作品。12月，在《朝日新闻》上连载《畸心人》（直译名《侏儒法师》）。

1927年　33岁

3月，停笔，与妻平井隆子开设"宿舍租借有限公司"。不久，独自外出旅行，到日本海沿岸、千叶县沿岸等地；10月，到京都、名古屋等地；11月，与小酒井不木、国枝史郎、长谷川伸和土师清二等人创建大众文艺民间合作组织"耽绮社"。

1928年　34岁

3月，出售早稻田大学附近的宿舍。4月，买下东京户塚町源兵卫一七九号的房屋。同年，发表《丑角师》（直译名《地狱丑角师》）。

1929年　35岁

1月，在《新青年》发表《噩梦》。6月，发表处女随笔《恶魔王》（直译名《恐怖的魔王》）。8月，在《讲谈俱乐部》连载《蜘蛛男》。

1930年 36岁

5月，改造社出版《孤岛之鬼》。7月，在《讲谈俱乐部》连载《魔术师》。9月，在《国王》连载《黄金假面》。10月，讲谈社出版《蜘蛛男》。

1931年 37岁

5月，平凡社出版《江户川乱步选集》13卷。同年，出版《迷重重》(直译名《钟塔的秘密》)、《暗黑星》和《邪与恶》(直译名《影男》)。

1932年 38岁

3月，停笔，带全家外出旅游，先后到过京都、奈良、近江等地。

1933年 39岁

1月，加入大槻宪二创建的"精神分析研究会"，每月出席例会，并为该会《精神分析杂志》撰稿。4月，长子平井隆太郎升入大阪府立第五初中学校。同年，好友山本直一辞去博物馆工作，担任江户川乱步的助手。12月，在《国王》连载《红蝎子》(直译名《红妖虫》)。

1934年 40岁

发表《恐吓信》(直译名《魔术师》)、《黑天使》和《不归路》(直译名《死亡十字路》)。

1935年 41岁

1月，平凡社陆续出版《江户川乱步杰作选》12卷。6月，春秋社出版《人间豹》。9月，编写《日本侦探小说杰作集》，由春秋社出版，并发表长篇评论文章。

1936年 42岁

1月，在《讲谈俱乐部》连载《绿衣人》；在《少年俱乐部》连载《怪盗二十面相》。5月，春秋社出版评论集《鬼的话》。12月，讲谈社出版《怪盗二十面相》。

1937年 43岁

1月，在《讲谈俱乐部》连载《噩梦塔》(直译名《幽鬼之塔》)，在《少年俱乐部》连载《少年侦探团》。战争爆发后，政府当局对于出版物的审查越来越严格，江户川乱步的所有小说被禁止出版发行，不得不停止撰写侦探小说。为了生活，江户川乱步借用别名为少年儿童撰写探险小说。后来，当局只允许江户川乱步撰写防谍反特小说，在杂志和报纸决定连载前，必须经过外交部、内务部、警视厅和宪兵机构的联合审查，达成一致意见后方可使用江户川乱步的名字刊登。由于公开抗议，被勒令停止写作，结果只写了一部小说。

1938年　44岁

1月，在《少年俱乐部》连载《妖怪博士》。3月，讲坛社出版《少年侦探团》。4月，新潮社出版《噩梦塔》。9月，新潮社出版《江户川乱步选集》10卷。

1939年　45岁

1月，在《讲谈俱乐部》连载《暗黑星》，在《少年俱乐部》连载《蒙面人》。2月，讲谈社出版《妖怪博士》。

1940年　46岁

2月，讲谈社出版《蒙面人》。7月，因心脏不适住院治疗。10月，与同人创立"大政翼赞会"。

1941年　47岁

7月，非凡阁出版《噩梦塔》。12月，任东京池袋丸山町防空会长。

1942年　48岁

任东京池袋北町会副会长，以"小松龙之介"的笔名连载《聪明的太郎》。

1943年　49岁

与著名作家井上良夫书信往来，交流对欧美侦探小说的看法。8月，开始连载科幻小说《伟大的梦》。11月，东京大学文学部在读的长子平井隆太郎被征召入伍，为其举行送别会。

1944年　50岁

出任行政监察随员助手，后在町会领导下开设军需品加工厂生产皮革制品。

1945年　51岁

4月，家属被疏散到福岛，自己则只身留在东京池袋，继续担任町会副会长。6月，因病被疏散到福岛。8月，在病床上听到裕仁天皇宣布无条件投降，平井隆太郎从土浦飞行队退役。11月，举家迁回池袋。

1946年　52岁

6月，倡议成立"侦探小说星期六研讨会"，每月开一次例会。

1947年　53岁

6月，"侦探小说星期六研讨会"更名"侦探作家俱乐部"，被选举为第一届主席。11月，到关西等地演讲，普及和推广侦探小说。没有新作问世，但旧作再版达31部。

1949年　55岁

1月，在《少年》连载《青铜怪人》。6月，再度当选侦探作家俱乐部会长。11月，光文社出版《青铜怪人》。

1950年　56岁

1月，在《少年》连载《虎牙》。3月，在《报知新闻》连载《断崖》，为战后首部短篇侦探小说。12月，光文社出版《虎牙》。

1951年　57岁

1月，在《趣味俱乐部》连载《恐怖的三角馆》，在《少年》连载《透明怪人》。5月，岩谷书店出版评论集《幻影城》。12月，光文社出版《透明怪人》。

1952年　58岁

1月，在《少年》连载《怪盗四十面相》。3月，评论集《幻影城》荣获侦探作家俱乐部授予的"第五届优秀侦探小说勋章"。7月，辞去侦探作家俱乐部会长一职，任名誉会长。12月，光文社出版《怪盗四十面相》。

1953年　59岁

1月，在《少年》连载《宇宙怪人》。12月，光文社出版《宇宙怪人》。

1954年　60岁

1月，在《少年》连载《塔上魔术师》。10月，日本侦探作家俱乐部、东京作家俱乐部和捕物作家俱乐部联合主办"江户川乱步六十大寿庆典"，会上正式设立"江户川乱步奖"。《别册宝石》第四十二期杂志作为

"江户川乱步六十周岁纪念特刊"，《侦探俱乐部》十二月号杂志也作为"乱步花甲纪念特刊"。著名作家中岛河太郎编纂和发行《江户川乱步花甲纪念文集》。11月，映阳堂出版《江户川乱步选集》10卷。12月，光文社出版《塔上魔术师》。

1955年　61岁

1月，在《趣味俱乐部》连载《影男》，在《少年》连载《海底魔术师》，在《少年俱乐部》连载《灰色巨人》。5月，举行首届"江户川乱步奖"颁奖仪式。11月，在三重县名张市举行"江户川乱步诞生地"树碑庆贺仪式。12月，光文社出版《海底魔术师》《灰色巨人》。

1956年　62岁

1月，在《少年》上连载《魔法博士》，在《少年俱乐部》上连载《黄金豹》。1月24日，"日本翻译家研究会"成立，出任研究会顾问。2月，出任"日本文艺家协会语言表述问题专业委员会"委员。4月，发表《英文翻译侦探小说短篇集》。8月，接任《宝石》杂志主编。11月，光文社出版《马戏团里的怪人》《魔法人偶》。

1957年　63岁

1月，在《少年》连载《夜光人》，在《少年俱乐部》连载《奇面城的秘密》，在《少女俱乐部》连载《塔上魔术师》。12月，光文社出版《夜光人》《奇面城的秘密》《塔上魔术师》。

1959年　65岁

1月，在《少年》连载《假面具背后的恐怖王》。11月，桃源社出版《欺诈师与空气男》，光文社出版《假面具背后的恐怖王》。

1960年　66岁

1月，在《少年》连载《带电人M》。4月，出任东都书房《日本侦探推理小说大集成》编辑委员。

1961年　67岁

4月，成为文艺家协会名誉会员。7月，出席"江户川乱步从事侦探小说创作四十周年庆典"，桃源社出版《侦探小说四十年》。10月，桃源社出版《江户川乱步全集》18卷。11月3日，荣获日本政府颁发的"紫绶褒勋章"。

1963年　69岁

1月，"日本侦探作家俱乐部"升格为社团法人"日本推理作家协会"，被一致推选为第一届理事长。8月，再次当选，坚辞不受，亲自提名松本清张接任第二届理事长。

1965年　71岁

7月28日，突发脑出血逝世，戒名智胜院幻城乱步居士。获赠正五位勋三等瑞宝章。8月1日，在青山葬仪所举行日本推理作家协会葬，墓所位于多摩灵园。

译后记

我1981年8月考入宝钢翻译科从事翻译工作，1982年初开始从事日本文学翻译，1983年2月首次发表日本文学译作。四十余年来，我一直致力于中日民间文化交流，尤其是翻译了日本推理文学鼻祖江户川乱步的作品全集，由衷地感到欣慰和满足。

《江户川乱步全集》共46册，数百万言，历经数个寒暑才翻译完成。回首往事，第一天坐在桌案前写下第一行译文的情景仍历历在目。为了解江户川乱步的创作思想、创作背景和准确把握作品的神韵，除反复阅读其所有小说作品外，我还遍览《侦探推理文学四十年》《乱步公开的隐私》《幻影城主》《奇特的立意》和《海外侦探推理文学作家和作品》等乱步的随笔和评论集。并专程去了坐落在东京丰岛区池袋的江户川乱步故居考察，到日本国家图书馆查阅了有关江户川乱步的许多资料。

为了让更多的人了解江户川乱步，我在《新民晚报》先后发表了《江户川乱步，日本侦探推理文学的先驱》《日本的福尔摩斯》《江户川乱步的起步》《徜徉少年大侦探系列》《徜徉青年大侦探系列》，接受了腾讯视频、东方电视台、《上海翻译家报》、沪江网、日语界以及日本青森电视台、《东粤日报》、《朝日新闻》、《产经新闻》、《中日新闻》的相关采访。

鲁迅说："伟大的成绩和辛勤劳动是成正比的，有一分劳动就有一分收获。日积月累，从少到多，奇迹就可以创造出来。"我历经数年辛劳翻译的这版《江户川乱步全集》，2004年4月被乱步故里日本名张市政府收藏，2020年10月又被日本驻上海总领事馆收藏，并荣获国际亚太地区出版联合会

APPA翻译金奖，其中的"少年侦探团系列"荣获国家新闻出版总署优秀少儿图书三等奖。

江户川乱步可以说是日本推理文学的代名词，江户川乱步奖是推动日本推理文学作家辈出的巨大动力，《江户川乱步全集》是世界侦探推理文学的瑰宝。希望通过这套《江户川乱步全集》，可以让更多的读者共同享受推理文学的乐趣。

2021年元旦于上海虹桥东华美寓所

图书在版编目（CIP）数据

灰色巨人 /（日）江户川乱步著；叶荣鼎译. --济南：山东画报出版社，2021.4

（江户川乱步全集·少年侦探团系列）

ISBN 978-7-5474-3825-1

Ⅰ.①灰… Ⅱ.①江… ②叶… Ⅲ.①儿童小说－侦探小说－日本－现代 Ⅳ.①I313.84

中国版本图书馆CIP数据核字（2021）第040609号

HUISE JUREN

灰色巨人

〔日〕江户川乱步 著　叶荣鼎 译

责任编辑　怀志霄
装帧设计　Pallaksch

出 版 人　李文波
主管单位　山东出版传媒股份有限公司
出版发行　山东画报出版社
　　　　　　社　　址　济南市市中区英雄山路189号B座　邮编 250002
　　　　　　电　　话　总编室（0531）82098472
　　　　　　　　　　　市场部（0531）82098479　82098476（传真）
　　　　　　网　　址　http://www.hbcbs.com.cn
　　　　　　电子信箱　hbcb@sdpress.com.cn
印　　刷　山东新华印务有限公司
规　　格　787毫米×1092毫米　1/32
　　　　　　4.75印张　67千字
版　　次　2021年4月第1版
印　　次　2021年4月第1次印刷
书　　号　ISBN 978-7-5474-3825-1
定　　价　28.00元

如有印装质量问题，请与出版社总编室联系更换。